たてがみの掴み方

俳人・武藤紀子に迫る

インタビュアー　橋本小たか

ふらんす堂

はじめにひと言

インタビュアー／橋本小たか

『センセイの鞄』という
川上弘美さんの小説がありました。
めっぽうおもしろそうなタイトル。
しかしこれを一文字変えて「先生の話」にしたとたん、
魅力が失せるのですね。
それもそのはず、
誰だって「先生の話」なんて聞きたくない。
聞いても右から左。
小学生のときからみんなそうだもの。

ところが、何にでも例外というものがある。
武藤紀子。俳句結社「円座」主宰。

主宰というにはざっくばらん過ぎ、
おばちゃんというには親分肌過ぎ、
元・文学少女というには熱血過ぎ、
そして話がめっぽうおもしろい。

そんな「先生の話」が、
まるでしゃぼん玉みたいに
その場かぎりで消えてなくなるのはもったいない。
弟子一同を勝手に代表して、
私が先生にインタビューすることにしました。

初心のころのこと、師匠や俳友との関わりのこと、
三冊の句集のこと、俳句の作り方、その他。

話は昔と今を気ままに飛びかい、
語りは東京弁と関西弁と名古屋弁のちゃんぽん。
素材がすこぶるいいので、そのまんまおさめた。

読んで元気になる「先生の話」と
あなたもぜひ出会ってみてください。

――インタビュアー／橋本小たか

目次

たてがみの摑み方

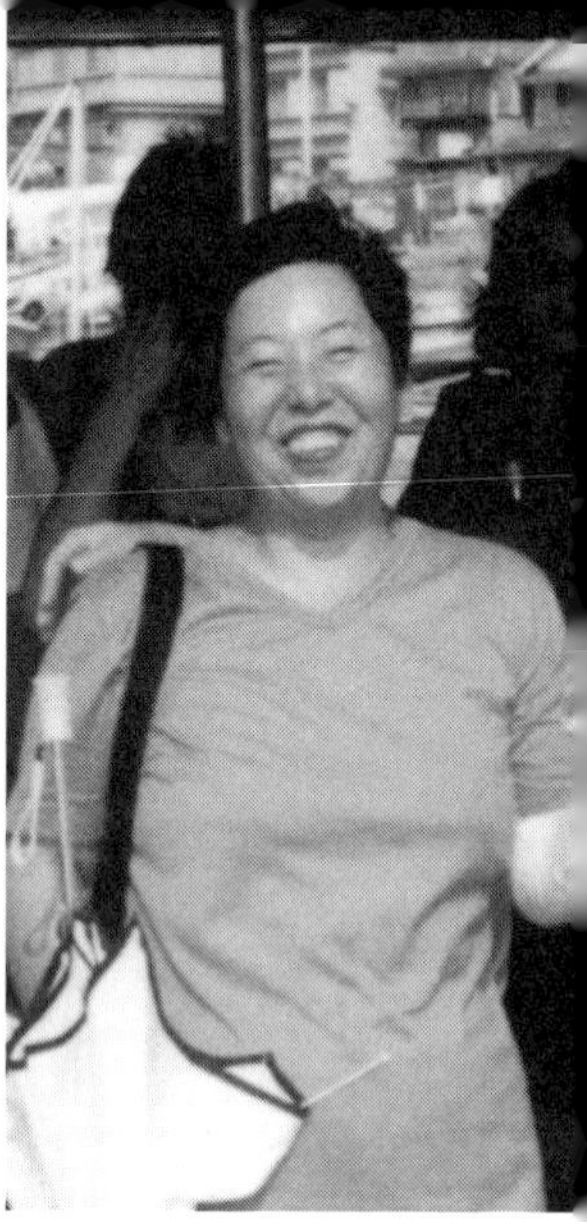

1 武藤紀子のできるまで

魚目先生が見たのは滝道だけなんだ

――こないだ先生にお会いしたときに「吟行でしか句を作らない」という話をお聞きして、驚いたんです。例えば第一句集の「馬追の髭よく動く紙の上」とか、この作り込まれた感じは、実景が二割、机の前での推敲八割という印象でしょう。ずいぶん意外でした。それで「吟行でしか作らない」とはどういうことなのかをお伺いしたくなって、このインタビューを思いついたんです。初学のころからそうだったんですか？

紀子：一番最初はカルチャー教室に行ったんです。そこの先生は吟行をほとんどやらないの。だからいつも三句持っていって句会をする形。さてその三句をどうやって作るかですが、俳句っていえば芭蕉のことを思うじゃない。でも急に芭蕉の句を作るたって無理だから、作るなら近所で見たもので作んなきゃって思い込んだんだわ。それで犬の散歩をしながらよく見ながら必死で作ってた、最初の内。そうしたらある日珍しく吟行句会をしましょうということなって。その吟行場所に玉蜀黍の花が咲いていていたの。そのときに「黍の穂や……」という季語のができたのでこれで俳句をと思ったのね。

――「黍の穂や沖ノ鳥島風力五」ですね。

紀子：昔はテレビはなくてラジオをよく聴いてた、子供のころは。そのときの気象通報で南大東島風力一とか二とか言ってたのを思い出して、大東島では字が足りないし、沖ノ鳥島を勝手につけて「沖ノ鳥島風力五」となったわけ。風力五がどのくらいの風力か知らないのね、でも調子がよかったからそうしたの(笑)。ところがその句が特選になって、ばっちりだって喜んで。でも吟行は年に一回で、あとは散歩で作った。

それでカルチャー教室の句会を二年間つづけて、次の先生につきたいと思ったの。そのときちょうど「晨」というものができて、大峯あきら、宇佐美魚目、岡井省二の三人が作った同人誌だったの。三人の句集を買って、どの先生の作品が一番自分に合うかなと読んだときに宇佐美魚目だったの。絶対、この先生だわって。それで魚目先生について、先生のやってる朝日カルチャーに行ったわけ。そしたらこの句会は吟行句会をやりますということになって、私ひるんで。今まで二回しかやってないので、ちょっと難しいんじゃないですか、とてもやれません、と言ったの。そしたら「僕だって最初のころはすぐにはできなかった」って言うの。「だけど俳句は吟行でどんどんやらなければ駄目だから、やっているうちにできるようになるから心配しないでやりましょう」って。後からいろいろ聞いてみると魚目先生は古い俳人で、虚子とかと一緒にやったぐらいの俳人で、あの時代は吟行よりは句会の時代だった。それこそ墨で短冊に書いてそれが回ってきて読めないわとかいう時代（笑）。その上に席題が多かったのね、席題でずっと作ってきたからこそ、魚目先生は吟行でしたかったの。四十年やってこられて席題は飽き飽きしていたわけで、みんなで吟行で作れるようにしようと思われたんですね、指導のやり方としてね。

それが指月会で、第四月曜日にやっていたから指月会。指月会は必ず吟行だった、そこで二十五、六年ずうっとやったから吟行に自信を持つようになれたの。吟行句会は歩いて見て作るを合わせて二時間ちょっと。するとすぐ作らないといけないの、その訓練を二十五、六年やったということなんだわ。

そうすると、家に帰ったらくたびれちゃって俳句を見たくもないし、次の吟行まで何もしないんだ。それをやってからは俳句を作って持っていくということができなくなった、逆にね。不思議なことに今でもできないの。「円座」は二か月に一ぺん、十句だからなんとか吟行に行った四回くらいの分をかきあつめて出してるんだけど、とうとう今度無くなってね（笑）。

魚目の作り方で一番思ったのは……滝を見に行ったの、滝道に日が当たってて、魚目の句に「滝みちや日のさしてゐる母の帯」っていう句があるの。明ら

◀宇佐美魚目先生

かに吟行で作ったんだけど母なんかいないしね。問題は先生が見たのは滝道だけなんだ。その滝道から、ああ日が当たっていたなあとかいって、昔お母さんがこういうところ歩いてたなあということを思い出してそれでぱっと合わせる。現実のものと自分の持っているイメージとがぱっと合うと素晴らしくいい句になるのを見て、俳句というのは吟行だからといって見たものをそのまま言うのではない。そこから自分が今まで持っていたものとぱあーっと合わせる、二物衝撃のやり方ね。

魚目先生と私たちの句は一句一章が少ないの。合わせるのが多い。そうやって作るから。吟行に行くと先に季語ができてものを合わせることが多いんだけれど、合わせるときの季語の使い方をものすごい練習したわけ。

――普通の吟行句会では見たもの自体を表現したほうが点が入りやすいですね。

紀子∶なかには「こんなのなかったがあ」とかって怒る人がいて、そこは魚目先生が賢いから、あったから無かったからそれが何だ、と言うの。その日たまたま雨で寒い冬だとしても炎熱の暑い夏の季語をつけて作れっていうの。逆にそれぐらいしろって。炎熱の夏の季語が合うと思ったらそれにしろって言うの。そういうところがすごい自由で、見たものに囚われない、見たものよりもっといい作品を上に置いて、だけども見たものは大切にする。

――うーん、難しそうですね。

紀子：いっぱい見るじゃん、そこからまんべんなく詠むんじゃなくて、自分が好きなものとかね、あーっと思ったものとかね、石でもいいんだ。昔、私「わーっ、石ーっ」とか言ってたもんだ。あなた石がどうしたのって言われるぐらいに。そういう、何かを感じないと、俳句は作れないと思うの。

――第一句集からそういう作り方をしていたんですか？

紀子：「たてがみの他摑めずに修司の忌」という句なんかは寺山修司のなんだけど吟行句でもなんでもないんだ。ところが中村雅樹という友達が「あんたはこういう句がいいんだ」って言うのね。「なんか分んないけどもここにあなたの特色がある」って言うんだわ。ああ、今日は「修司の忌」なんだと思った時に、ぱあーっと出てきたの。吟行とは関係ないんだけど、吟行のときの何か見たものと何かを合わせなさいと言われたときに遠くからとってくるあの感覚に似てるんだ。合うものは何かといったときに「たてがみの他摑めずに」という景が浮かんだの。だからそういうやり方が私の本当に持っているものかもしれないの。「あなたの個性の出てる句だよ」と言われたときに、ああ、そうなのかと。

――吟行派なのに。

◀岩倉の同志社高校生の頃。
京都市左京区北白川東小倉町（銀閣寺の近く）の家（京都支店長だった父の社宅）からバスで修学院離宮まで行き、京福（現・叡山）電鉄鞍馬線で、同志社高校へ通っていた。毎日比叡山を見ていた。

紀子：そうなの。吟行でしかできないのに、でもこれが私の特色だって。それは吟行で見たままの景ではあまり何も思わないからかもしれないんだ。踏み込んでゆくっていう、見たものの中に。それがないと、作品にならないんじゃないかと思うわけ。

――踏み込んでゆくというのは、具体的には？

紀子：うーん、何かものすごくいいものを入れたいという感じね。そのいいものの中身が詩的にいいものでもいいし、古典のものでもいい。例えば吟行中にタガメのことを高野聖って言うんだよなんて聞くと、すごく喜んで作るの。泉鏡花のあの小説がうぁーっと浮かんできて。現実のタガメという虫からは、手を伸ばしている姿が一般的な写生の句なんだけど、そういうのから離れてタガメ・高野聖、あの不思議で禍々しいイメージが入らなければ作品にならないと自分では思ってるんだと思う。だから高野聖なんて聞くと興奮するんだ、すごく興奮するのよ。それは源氏物語でもそうだし、あらゆる古典のものに興奮するの。詩的なものにも興奮するの。

――吟行から話がずれてしまいますけど、先生のなかで詩のイメージってどういうものなのでしょう？

紀子：私、詩についてはコンプレックスがあるの。私、文学少女だったんだ。中学のときに世界文学全集を確かぜんぶ読んだの。中味は分んないけど。そのころおぼろげに小説より詩の方が上だと思ったの。文学のなかでランクをつけるとしたら詩が一番上だと。でも自分は詩に行けない、行けないからコンプレックスと憧れがあったの。

——詩というのは、三好達治とか萩原朔太郎とかですか？

紀子：そうなんだけどそれが分んないからワーズワースとかね読むんだけど、何も感じないの。すごくいいはずなのに何にも感じないのね。日本人では唯一高村光太郎ならいいだろうと思って、分らないことはなくて、いいと思ったの。でもまだ詩というものが分らない。つかめないの、何が詩か。だからいいものをいつも詩と総称しているの（笑）。

何か分らないけど素晴らしいもの、そこへめざしていきたいものの象徴が詩という言葉なの。そういうものは詩の中には無いのかもしれない（笑）。

——詩の正体はあいかわらず不明ということですね（笑）。

紀子：でも不明だからいいんじゃない、分ったらつまらなくなっちゃうかもしれない。

——それをぜんぶ説明できたら、おかしいですよね。

紀子：そう。それを探して俳句を詠んでいるところがある。

——吟行に行ったとき、場所選びというかどう見てやろうとか、そのやり方ってありますか？　行って決めるというのも一つの方法ですが。

紀子：それじゃ駄目なの。よくやってる人はそれでいいんだけど、吟行に慣れてない人はそれではできないわ。私、ある結社に行ってね、吟行の正しいやり方のお講話をね（笑）、五十分もしたことがあった。まずは予行演習というか予習をしなさいというの。

——予習？

人知の及ばない自然、だけでは我慢できない

——吟行の予習？

紀子：予習とは何かというと、季語なの。その日のころにあるはずの季語を歳時記から抜き出しなさいというの。それで季語だけでなくて季語の例句、その中で自分が感じる句をね、書き抜きなさいと。それは真似をするためのものじゃないのよ。こういう風に作るんだって参考になる。自分が作るんだから自分がいいと思うものでないと駄目。有名な虚子の句を書いてばかりいても駄目。こういう句が好きだというのを書き出すの。季語は二十個くらい、好きな句もそれぞれ三、四句ぐらい書いて一覧表で持っていくの。それで書いた季語にその日に会うかもしれないよ、桔梗って書けば桔梗があったがねって。例句の真似はできないけど、こういう風に作ろうっていって、だいぶ手間が省けるの。

——意外と下準備をなさるんですね（笑）。

紀子：それから私、忌日の句が好きなんだ。その日が誰の忌日か調べる。その日に亡くなったんだからその日に見たものと一緒なわけじゃん。それと人物と

考え合わせて作れば、それなりの忌日の句は作れるよね。ただその人物をよく知ってないとそこの飛躍がうまくいかないけどね。

――忌日を調べるなんて、ちょっと珍しくないですか?

紀子：でも私大好きなんだ。花神社の大久保さんに怒られたの。死んだ時の句を作るのが大好きだっていうのはちょっとまずいぞって。そうなんだけど好きなのね。吟行が好きで吟行でしか作れないけど意外と言葉で作ってんの、実際は。

――ふつうの吟行とはちょっと違うやりかたですね。

紀子：吟行なんだけど、こう飛躍する元を吟行で探すっていうところがあるんだ。何か精神が飛び跳ねられるもの。だから桔梗だったらあんまり飛び跳ねないんだ。(床の間に飾られた秋海棠の色の話になって)秋海棠の白花は葉の裏が真赤、赤花なら普通の緑、そういうことを私おもしろいと思わないの。すごいとは思うけど、俳句に詠もうと思わない。だから、いま考えてみるともっと文学的なんだわ、自分は(笑)。人知の及ばない自然ね、それだけでは我慢できないんだ。何か文学がないと自然だけの不思議さとかあんまり驚かないんだ。

――創作欲が湧かないということですか?

紀子：そうそう。俳句の一番のおもしろさは、みんなが知ってるけど忘れてたり気が付かなかったりすることを上手に詠んでくれることで、誰も知らないことですごいことを発見したとしても、他の人は感心しないのよ。その人の句ではあるけど、俳句の価値としては高い句ではないの。

――万人向けということ？

紀子：誰にでも分るけど、誰も気が付かなかったということよ。珍しいもの珍奇なものは駄目なの。普通のもので見方がすごいなっていうのが最高のいい俳句なんだ。

――話が戻りますけど、吟行での予習の話はお伺いしたのですが、当日はどうなんでしょう。

紀子：女は動き回らなきゃ駄目ね。男はじっとしてなきゃ。私だけの考えなんだけど。昔の俳人をみると、ひとところにずーっと座って、じーっと見て、三十分も四十分もかけて一句をものにしたとかいうけど、あれはみんな男だよ。男はそんなにちょこまかしないんだよね、なんかよく分んないんだけど。女の方は、いろんな仕事があるじゃない。洗濯、掃除、ご飯づくりに子供の世話から何から様々なものを同時にやってぱっと次へいく。そういうリズムで生きてきたからひとところに座っていると寝ちゃうだけで、何も浮かばないと思うんだ、おそらく。その代わり、鋭く摑む。短時間で稲妻みたいなものを摑むの、それで作ってゆく。男はなぜかしら無駄なぼーっとしてる時間が要るんだと思う。だから吟行の場合、男女差があると思うわ。これ私の持論なんだけど、偉い先生がじっとしとれって言うけどさ、勝手にしとったらいいんだわってずっと思ってた。

――でも、先生の作品はゆったりした時間を感じますね。

紀子：あんまりちゃかちゃか動いてる感じはないね。でも私は瞬間に捉えるんだわ、たいてい。

――うーん、それなのにああいう句になるのか。推敲はどうするのですか？

紀子：それが、ぜんぜんしないのよ。いつもしないの。いっぱい見たんだからあと二十句ぐらい作れるでしょって言われるの。でもみんなの点が入った句だけノートに書いといて、あとは捨てちゃうの。

――衝撃的ですね（笑）。

紀子：端からぜんぶ捨てるものだから、覚えてない。で、俳句を作るのは本当に吟行のときだけだから四日間ぐらいなの。だから無いのよ、俳句が。

――あとから、そうとう推敲している感じですけど……

紀子：ほんとうに見たことないの一度も。その日作ったものを夜に見たことない。ある結社の主宰の方は吟行で作った句は何度も何度も、半年くらい後までも推敲を重ねるっていうの。だから私のやり方が信じられないって（笑）。それができればもっと俳句ができるだろうなと思うんだけど。

――でも、無いって言ってもぼくらとは違う。

紀子：本当に一句も無いんだってば。だからすごくつらいの。

ところで……（主宰の作品のなかで「松」の入っている句だけをピックアップした一覧を見ながら）この松のやつ、おもしろくて。

◀台湾にて

――先生、松が好きですよね。

紀子：もともと松岡って名字なの（笑）。結婚して武藤になった。それはそれとして、木の名前を知らないんだ。花はまだ分るけど、木は季語になってないじゃない。知らないからそれぞれ感じる木ってそんなに無いじゃん。だけど松は日本の古典の代表的なものと思うの。木は松、「松竹梅」で一番上でしょう。それで何というかなあ、お魚だと鯛、花は桜、そういうふうにトップに来るものが松ね。しかも松というもの自体、いいものじゃない。いやしいところがなくて、永く古典が認めてきた良さがあるの、だから木の名前をいうときは松が出るんだ。

――松を句に詠むのは、結構むずかしいですよね。

紀子：そうかしら。すごく簡単だと思うの。でも季語の松は嫌いなんだ。

――なるほど。松の句をピックアップすると、第一句集には「山かけて赤松つづく円座かな」くらいしかなくて、第二句集からぐっと数が増えるんですね。

紀子：松がいいものと思わせたのは魚目先生じゃないかと思うの。美学的にそういうものをいいとしたのは。だから最初のうちは松やら鯛やらをね、そんなにいいとは思わなかった。だけどだんだん魚目のいいとしている絵とかものを、知らず知らず、聞いているうちに自分のなかに、いいものだ、いい姿だということが形成されていった。

――「住吉の松の下こそ涼しけれ」とか代表句とされているものにも、あと「我に円座君にかたみの髫髪松《うなゐ》」のような、自ら辞世句とされているものにも松が出てくる。

紀子：髫髪松を知らなくて。死んだ人をここに埋めたと知らせるために松を植えるんだって。昔土葬だったから、それを髫髪松というんだって。この言葉に感じて、けっこう三、四句作ってるよね。あれみんな好きだわ、自分のなかでは。

――最初に松を見てるんじゃないかというくらいに。

紀子：松が無くても松にする（笑）。松籟も好きだし、松風という言葉もすごく好きなの。「松風をちからと頼み巣立鳥」は、飴山先生への追悼句で、実景としては松は無かったの。水辺を鳥が歩いていただけなんだけど、力に頼むんだったら絶対に松風だと思って作った句なんだ。

――そういうタイミングで松が来るのですね。「鯛落ちて美しかりし島の松」だと、松と鯛が両方出てきたりして。

紀子：これなんかも吟行句で、（長谷川）櫂さんと一緒に神島に行ったときの船かな。神島に行く前に二つ三つ島があって、松林みたいなのがあったんだわ。

それで魚目先生の句に「鯛落ちて」って句があるのを思い出して。そのときは調べては行かなかったけど、頭に入っていて。落鯛という言い方は嫌いだったの、鯛落ちてが好き。それで鯛落ちてで作りたいなと思ったとき船の中から松が見えて、あーっ松だーと思って作ったの。そしたら櫂さんはこの句を特選にとるんだ。あの人、目があるよ（笑）。びっくりしちゃった、鯛落ちてなんて季語誰も知らないよね、櫂さんだって知ってたかどうか、他に季語が無いんだからこれが季語だとかね（笑）。櫂さんは魚目がすごい好きだものね。たぶん自分のいいと思っている芸術的な世界を魚目がちゃんと捉えているから好きなのよ、だからこの句にも反応するわけ。私は魚目からそれを習って受け継いでいるわけ。私は受け継いでいると思うよ、魚目の俳句を、俳句精神を。とにかく松が好きなんだ。

――半分冗談で「松平なにがしといひ桜守」もピックアップしていますが。

紀子：これは松平郷というところに吟行で行ったの。桜のころだったと思うの。それで桜はむずかしいと思って、桜守がいるとしたら松平郷であれば松平氏が長々と残っていて、そこらへんのおっちゃんでも松平という姓を持っていて、そういう桜守がいたらおもしろいなあと思って。そんな人いないけど。嘘だけど松平郷で作ったの。

――ここにまで松が出てくるかという感じですね。こんなところで一回目を終らせていただきたいと思います。

鋼の細い線が強く立ってる

――「文学から文学を作る」とよく言いますが、先生が先行する文学から何を学んだのか、その栄養分を知りたいと思うんです。必ずしも師系をたどる必要はないとはいえ、まずは宇佐美魚目から何を学んだか、そこからお聞きします。先生には事前に魚目作品から十句を選んで頂きました。

紀子：魚目先生は私たち若い人を育てようとしたとき、吟行でやりましょうとおっしゃった。写生っていうのが大事だと思っているからなのね。最初についた児玉輝代先生に自然のものを見て、自然のものに託して句を詠みなさいと教えられたの。一番の基礎のことを教わった。本当に基礎かどうか分んないよ、けどものに託して詠みなさいというのはすごく残ってるんだわ。それで魚目先生が吟行に行きましょうと言ったとき、これだったらいいなあと思ったわけ。基礎とぜんぜん違わないから。で吟行でものを見たとき魚目先生の場合、これが黄色だったどうだったとか見たまんまだけではおもしろくないということは微かに分った。でもどれくらい深く入り込むのか分るまでにはものすごく時間がかかったの、二十年くらいね。

――魚目作品についてですが、夢の世界のような感じです。例えば飴山實の作品は隅々までくっきりしてますが、魚目の俳句は、くっきりしていながら額縁の部分、まわりの部分がぼやっとして、何だか仙人が見ている夢のよう。

紀子：今でも魚目先生のこと分んないの、いいんだか悪いんだか。自分の力よりも遥かに上なのかもしれないというところで分らないの。でも今現代で魚目よりすごいと思える人はいない。

――それはどのへんですか？

紀子：坪内稔典先生がね魚目の句について、日本画みたいなきれいな句を作る、それでごく一部にすごいファンがいるらしいがよく分らないというのね。俳句はもっと俗なものじゃないかと。それは違うと思ったの。稔典先生に手紙を書いたわ。魚目の俳句はきれいな俳句じゃないって。こないだ見た高村光太郎の「手」っていう彫刻がある、その「手」みたいに力強いのと美しいのとが本当の最高の芸術作品という感じがするのね。マイヨールやピカソの「手」も並んでたけど、光太郎の「手」を魚目は一番好きだろうなと思った。まず男らしい、それから品格がある、そして力強い。それが魚目の目指している俳句じゃないのか、魚目自身がそういう人間かどうかは分らないけど目指しているのはそこじゃないかと思う。だから絵でも香月（泰男）さんのシベリア・シリーズがいいっていうのもおんなじ。あと最澄が好きなの、最澄ね。

――そういえば、よく出てきますね。

紀子：「最澄の瞑目つづく冬の畦」、これが代表句だと先生は思ってるの。「東大寺湯屋の空ゆく落花かな」の方が有名だけど、最澄だっていうの。

――空海のほうが感性の人で、最澄は大学の学長みたいな感じですね、男っぽさからすれば逆じゃないですか。

紀子：そうそう、私と（中村）雅樹なら雅樹が最澄で私が空海ね。空海は広いのよ、清濁併せ呑むという感じ。最澄は純粋ね、純粋で燃えてるんだわ、密かに燃えてるの。強さもあるのね、けど広さはない。どっちかいうと鋼の細い線が強く立ってる感じ。先生は虚子とは違って使う季語は決っててごく狭い範囲の冬とか氷とかね、そういう季語なの。狭い世界をずうーっと奥まで高村光太郎の最高の世界へゆきたい、芸術として。それで成功したかどうかが私のレベルでは分らない、自分は空海だから。最澄の本当のすごいところが分らないんじゃないかと思うの。雅樹なら分るのかなーとか。

――それでは事前に選んでいただいた魚目作品十句に従って、具体的にゆきましょう。

最澄の瞑目つづく冬の畦　　魚目
東大寺湯屋の空ゆく落花かな
空蟬をのせて銀扇くもりけり
播州の夕凪桃を見て来たり
雪兎きぬずれを世にのこしたる
すぐ氷る木賊の前のうすき水
初夢のいきなり太き蝶の腹

今ゆきし霰よ虚子の華奢な手よ
棹立ちの馬の高さに氷るもの
山みちを紅爐へもどる虚子忌かな

先生のチョイス自体、先生らしいなと。何しろ固有名詞が結構目立つ。最澄しかり、東大寺、播州、虚子しかり。前回、忌日を大事にするというお話がありましたが、先生自身、最澄とか播州とか虚子という固有名詞にビクッと来るのですね。

紀子：そう、来るんだわ。でも私は基本的に空海だから人間が好きなんだ。忌日になるといろんな人が登場してすごく面白くて。特に好きなのが憂国忌なんだ、三島由紀夫自体は好きではないけど。憂国忌が好きなのはどっちかいうと魚目の色調じゃないかと思う。光太郎と憂国忌。なんか下のほうで共通している気がするわ。

でも空海と最澄だから先生と違うんだけどね。私は女であって空海だからあんまり分り合えないんだけど無視できないところが先生としても腹が立つんじゃないかと。

——それはどの部分なんでしょう。

紀子：馬場駿吉という先生の大親友がいる。名古屋市立大学の学長までやって今は名古屋のボストン美術館の館長をやってはるんだ。だから文化人として名古屋で一番なの。その先生が葉書をくれて、結局あなたが魚目の句を受け継いでいるって書いてあったの。私は自分のことは分らないからそのときまでそんなこと思ったこともなかったんだけど。朝日カルチャーで雅樹に出会ったとき私はまだ俳句を二年しかやってなくて雅樹君も二三年しかやってなかったのに、最初からこの人の句には個性があるわけ。雅樹君は習ってない。魚目に関係なく自分の句を最初から作ってた。そうすると魚目を受け継いでないんだ、最初から中村雅樹でいるわけ。私は本当の作家はそうなんだろうと思う。雅樹君こそ一人前の俳人で、私はおばさんだわって思ってるの、ずうーっと、今も。私は何も自分のものがなかったから魚目のを受け継いで自分のものを足して、魚目の中の自分の好きなところをとって自分になっていったんだろうと思うの。

――なるほど、作品としては受け継いでいると。

紀子：でも分んないよ、馬場駿吉さんがそう言っただけでね。

――「最澄」の句に戻ります。

紀子：まずどこで作ったかというと、比叡山の麓に西教寺という大きなお寺があるんだわ。そこに川崎展宏や飴山實だったかな、と吟行に行った、メンバーがすごいから燃えたねって。それでやる気が出て畦にじいーっと立って作ったって、自分では恰好いいこと言ってんだけどほんとかしらと思うの。

というのも、私がずいぶん後に西教寺に行ったとき「瞑目」という題の仏像が置いてあったの、このすごい言葉はこっから出たのかあと思って（笑）。あと「つづく」もすごいんだ、これが言えない、絶対言えない。それから季語を何にしようかものすごく考えたんだって、それでとうとう自分が立っている冬の畦にして完成したわけよ。冬の畦の使い方は他の人には真似できない。いいかどうかは別として真似はできない。

――魚目さんらしい持って来かたですね。

紀子：かなり無理なんだけど力ずくでそこへ据えて。「馬もまた歯より衰ふ雪へ雪」という句があって、それも芭蕉さんじゃないけど腸を絞って最後に「雪へ雪」とした。確かに「冬の畦」と一緒で季語自体はまずいんだ、もっといいのがあるかもしれない、だけど魚目の季語なんだ。力ずくで無理矢理もってきて一句にしたっていう、ここのところに魚目が見えるんだ。光太郎の「手」に通じる強さがあるんじゃないかと。

――第一句集『崖』は、ごつっとしたものが固まって五七五になっている感じですね。

紀子：時代もあるよ、あの時代は飴山實だって社会性俳句で言葉も使い方も無理矢理だし。

――受付けるひと受付けない人に、分かれていくでしょうね。

紀子：高橋睦郎さんが作られた俳句があんまり素敵だったからラブレターを書いたの。そうしたら葉書をくれて最後のところで魚目がすごくいいのに一般的に認められてないって書いてあるの。この人は魚目のよさが分るんだ、私が分らないのを分るんだと思って。この人がこれだけ言うのだったらいいのかもしれない（笑）。

――そういえば、なんで魚目って付けられたんでしょう？

紀子：岡倉天心の『茶の本』の中から採ったっていうの。それで雅樹がね『茶の本』を探して来て読んだんだけど、どこにも書いてないって言うのね（笑）。「偽物」というエッセイを魚目が書いたことがあって偽物こそ俳句の本質だってそう書いてる。自分の魚目もみんな偽物だと。そんな真面目なね、正しい芸術的にいいことをやってるんじゃなくて、偽物をやっているという心地よさを持ってるところもあるんだわ。

いつもね、こんなの分んないじゃないですかと言うとね、分んない奴はほっとけっていうの。でも口ではいうけど評価してもらったらものすごく喜ぶのよ。パーッとコピーしたりして私とそっくりなんだけどさ（笑）。

二番目の句もおもしろいんだわ。私こういうの好きなの、最澄も好きだけどこれも好きなの。そうしたらあるとき先生がぽろっとおっしゃって。

紅く燃え立っている爐、そこへ帰りたい

――「東大寺湯屋の空ゆく落花かな」について、魚目先生はなんとおっしゃったんですか？

紀子：「東大寺の写真集を見てたら」っていうの（笑）。写真に湯屋って書いてあって、確かに行くと二月堂のところにある、要するにお風呂ね、お坊さんたちが入る。

――蒸し風呂。

紀子：そうそうサウナみたいなもの。写真を見て作った句だから自分としてはそんなにいいとは思えないんだけど、でも俳句って不思議で自分の好きな句が有名になるわけじゃないのよ。たぶんこれはまったりした感じがもてはやされるんだけど、先生はそこが嫌なんだろうと思うんだわ。もっと鋭い緊張感がある方が好きで、作り方が作り方だし自分ではそんなに気に入らないんだね。

――もっとも分りやすい部類の句だとは思いますね。

紀子：次の句（「空蟬をのせて銀扇くもりけり」）がすごく好きでね。「銀扇」の中に光太郎の「手」の力強さもあるしさ。空蟬って見た感じはよくないんだ、茶色くてぐちゃぐちゃして、汚いしさ。けど空蟬っていうこの言葉ね、字と言葉がね、すごくいい。現実の空蟬を忘れるぐらいにいいの、字が。実景は扇の上にちょっと蟬の殻を乗せてみて一句作ろうと思ったのかもしれないけど、作品はものすごいものがあるような気がする。誰も作れないと思うよ。私も。十年経っても作れないと思うなあ。これ一番若いころに作ったの。十八か二十歳ぐらいの時に野見山朱鳥に会いに先生は九州へ行った。朱鳥先生と一緒に周って、地方の俳人の集まりに行って朝から句会して夜は夜で酔っぱらって、次の日はバスに乗って、夜になると句会だ句会だって言って、どさ回りの旅役者みたいなことをやってたときにできた句なんだ。突然できたんだと思うよ、限界状態のときに。ああいうことも大事なんだわ。すべての環境を整えてさあ作ろうって作った句じゃない、もうせっぱつまってさあ、何か出さなきゃなんないからってできた句だと思うの。そんな匂いがする。

——次の「播州の夕凪桃を見て来たり」はいかがでしょう。

紀子：この句を見たとき播州はいい言葉だなと思った。「東大寺……」よりこっちのほうがきれい。きれいごとではなく、ただ夕凪のころ桃を見たんだよってだけで、中身もさっぱりしてていい。桃というと「中年や遠くみのれる夜の桃」っていう三鬼の句が有名でやっぱり妖しいイメージがある。でもこの句はその妖しさとか色っぽさが消えて、きれいな桃だけが残っている感じがする。私の「師と弟子の間に桃の置かれあり」という句はこの句からできたんだ。現実は先生の家に桃を持っていっただけなんだけど、その桃はここから派生しているし、先生と私の間に桃を置いて私は拒絶しているつもりなの。

——なぜ拒絶するんですか？

紀子：先生は女弟子が嫌なんだろうと思ったの。先生がやっていることを受継いでいたかもしれないんだけど、自分の意識の中では受継ごうとは思ってなかった。私は私の道を。自立したいんですという気持ちを示した句のつもりなの。

――読者としては、拒絶してるんだろうけど、やはりどこか繋がりたいところもあるのかなと。硬そうな桃の気はします（笑）。ところでこの「播州」の句は先生の句と言ってもいいような。

紀子：そう、私が作りたい句なんだ。私の匂いがする、魚目のこの部分を受継いでんだ、私は。

――魚目の桃があって、先生の中で桃のイメージが更新されたんですね。まさに文学から文学が作られていく。

紀子：「冬の日の播州を母あるきをり」という私の句があるんだ。あれなんか、うちの母は播州に行ったこと無いしね。大阪にいたり京都にいたりで。この句で勝手に歩かせたんだ。触発するものがあるのよ、この句には。

――「雪兎きぬずれを世にのこしたる」にいきましょう。

紀子：雪兎がどこから出てきたかというと今まで話を聞いたところでは芭蕉さんに「初雪に兎の皮の髭つくれ」という句があって、その句が先生はひっかかって。もやもやしているわけよ。それで雪兎で作ろうと思ったと思うの。現実の雪兎もすごい好きなんだ。「世にのこしたる」はなんだろう、形ではないものだけど何かを世に残したんだってことで、魚目は自分の俳句のことをそう言ってるのかなあと。自分の俳句はきぬずれのようなもので、残ってほしいと思っているのかな。

――「すぐ氷る木賊の前のうすき水」は、いかがですか。

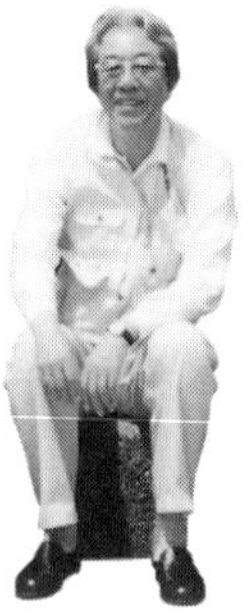

紀子：これは木曽で作ったの。先生がよく行く木曽の旅館で私たちも何度も行ったけど、そこに蹲があって木賊が生えてる、ここで作ったんだよって。要するに見た景は木賊の生えている蹲のところがちょっと氷っぽくなっていた。木賊がまた好きなんだよね、だから私たちも木賊を見ると興奮するようになったんだけど（笑）。こういう句があるとなかなか作れないけどさ。でなんでこの句がいいんだろう、「空蟬……」と似てるよね、分らなさ加減が。「うすき水」だから「すぐ氷る」よねって言うと、普通だったら当ったり前のことだから失敗作になるのよ、でもこの句そんなに気にならないじゃない、なぜ気にならないかって、「うすき水」だからなんだ、あさき水では失敗作なんだ。

——そうでしょうね。

紀子：たぶんここに技があると思う。「瞑目つづく」の「つづく」みたいにその技で黙らせる、失敗作じゃないんだぞって。力ずくを技で隠してんの。この句は先生のさ、真髄の句じゃないかな、「空蟬を……」なんかは若いころ偶然作った句だけど、こっちは作ろうと思った句だと思うよ。

——「初夢のいきなり太き蝶の腹」これは……

紀子：私、こういうの大嫌いなの、なんでここに出したのかしら。みんな好きなんだ、男は。なんかいやらしいじゃん、太い腹というだけで嫌なんだ。ぷっくりしてて初夢に急にその腹がクローズアップで出てきたら、そりゃ不気味だしね。でも魚目はこれを詠んだらみんなが驚くだろうとかね、ぎょっとさせて成功だと思わせたいのが見えてて、喜んで作ったように私は見えてしまうわけ。それを思ったら「すぐ氷る……」のほうがずーっと高級だと思うの。

——ぼくは「日ざらしの大漁旗蜂あるきをり」も好きですが。

紀子‥蜂なら「巣をあるく蜂のあしおと秋の昼」というのがあるよ、あなたが言ったのよりこの句のほうがいい。

——男は生々しく動いてる感じが気持ち悪くていい、みたいな。

紀子‥気持悪いのがいいというのも世の中にあるんだ。でもデデムシは別なんだ。こないだ聞いた話なんだけど、先生が虚子の家に行ったんだ。橋本鶏二たちと夜汽車に乗って鎌倉まで行くの。それで庭に焚火のあとがいっぱいあったんだって。缶々なんかが転がってて、ででむしがいっぱいいたんだって。それでででんでんむしがひらひらするというの。虚子先生はそういうのが好きで、でんでんむしも虚子が好きで、虚子が出てくると喜んでひらひらするっていうんだけど(笑)。ひらひらするイメージが私には分らないのよ。でも魚目の中では虚子・焚火・でんでんむしはぜんぶセットになって入ってる訳。「虚子焚火でで虫のよくうごく庭」という句はそこから出てきた。

——「でで虫の自在な肉も花あかり」とかも、男はマルをするかも。

紀子‥生々しいものが好きなのね。蟻はよく見てたみたいよ、熊谷守一みたいに。庭の蟻を見てどっちの足から歩き出すかじっと見てたというから熊谷守一とそっくりじゃんと思ったの。つぎの句「今ゆきし霰よ虚子の華奢な手よ」これ好きなんだ。霰と華奢な手が最高だな。だけど草田男だったかしら、ルーツこれだと絶対思った。魚目だって一からぜんぶ作ってるんじゃないの、私もそうだけど人のものからとってるのよ、一部をとって自分のものに無理矢理するの。私大好きだもの、そういうやりかた。草田男の「春嵐奈翁は華奢な手なりしとか」からとったと思うよ。四誌連合のときに草田男もいてね、一番好きなのは大野林火だけど、草田男も好きなんだ。でも華奢な手と霰を組み合わせたのは先生だからね。いい組み合わせだなあと思うのよ。

――霰はよく出てきますね。

紀子：霰も好きなのよ。私はまだ霰をよう詠まないんだわ、だけどこないだ金沢で見たからいつか作るわよ、絶対作る。

――つぎに霰じゃないけど、「棹立ちの馬の高さに氷るもの」。

紀子：「棹立ち」の馬のイメージは出るよ、でも形じゃないんだよね、実際は馬はいないんだわ。見上げるほどの高さに氷るものってなんなのよ。ぜんぜん分んないよね、実景が。

――実景というより詩の心が何かあるような気がします。

紀子：だから高さよ、高さ。高みを目指すってことよね。しかもそれが氷ってるのがいいんだ。やわらかく溶けてんじゃなくて。高くにあって氷ってるものが憧れの的なんだ。たぶん、憧れなんだってば。だからこれ頭で考えた句じゃないかしら。

――最後は、「山みちを紅爐へもどる虚子忌かな」、魚目作品のなかでいま一番好きな作品ということですが。

紀子：まず先生は、結局最終的に僕は虚子の弟子でよかったっていうわけ。虚子の晩年の弟子だ、だから師系をたどれば虚子だってこないだ言わはったよ。

それで虚子忌で詠むときにこの句はすごいなあと。どっから出たんだろう、ただの火鉢なんだよね、別に溶鉱炉じゃないんでしょう。ただ炭が赤く熾ってるところなんだわ。

――あ、溶鉱炉と思ってました。

紀子：溶鉱炉じゃなくて炭が赤く熾ってるその真髄が虚子だと言ってるわけだからすごい句なんだと思う。これは作りたい句。「桃……」と似通ったものがあるのよね。紅爐という言葉が先に出たとするわね、これと虚子忌を結び付けようとしたとき、山みちをもどるが出てこない、絶対出てこない、どうやって作ったのかなあ。今度訊いてみよう。

――どっから出たかというより、何を指しているのか……

紀子：それは紅く燃え立っている心なのよ、そこへ自分が帰りたい、紅く燃えたつ心を持ちたい、虚子は持ってたと思ってる。それが俳句の生まれる源で、子宮みたいなもので、そこへ戻りたい。引きつけられるように自分も戻る、虚子も戻る、みんなも戻ってる。その紅く燃える爐っていうのが一番大事なところなんだっていうのが言いたいんじゃない？

自分はしばらく離れてたけど、虚子へ、やっぱり最後はあそこへ戻っていくんだなあと、虚子忌になってつくづく思うようになったという感じ。山みちを歩いて紅爐へ戻ったんだ。

それが分んないから、すごいのさ

紀子：田中裕明なんだけど（と、今回はいきなり始まる）。十年くらい前かな、若い人で誰かにつくとしたら誰かしらんって思ったときに、三人思い付いたんだわ。一人が攝津幸彦、「南国に死して御恩のみなみかぜ」が代表句。その人と田中裕明と長谷川櫂、この三人。この三人はこれからの俳句界に伸《の》す人だと思ったの。

　まず攝津幸彦さんなんだけど、とにかく句も分んないんだけど絶対この人と思ったの。私が第一句集を出した時に句集を贈ったら葉書をもらって、いま体の調子が良くないけどまた手紙でも書きましょう、と書いてくださってすごく期待していたら亡くなった。今になってみたらみんな攝津さんのことを結構書いてるし、絶対忘れられない人として残っているのよ。私の目は節穴じゃなかったわと。

姉にあねもね一行二句の毛は成りぬ　　攝津幸彦

絵日傘のうしろ奪はれやすきかな
暮れなづむ自らの手を手に入れぬ
手を入れて思へば淋し昼の夢
露地裏を夜汽車と思ふ金魚かな

田中裕明さんは「晨」にいたの。魚目先生とは俳句がぜんぜん違うのよ、だけど大峯あきらさんがすごくかわいがって。一回だけ田中裕明さんの吟行句会があると言って、ご一緒した。淀川の河原ですごい葦の茂っているところがあって、そこで葦を焼く行事があるの。そこへ行かしてもらった。行って直に見た。上手な句を作ってはってさ、やっぱりすごいなと思ったの。だけど何て言うかな、作る俳句が私と違ってた。魚目先生とも違うけど、繊細というとおかしいけど、感覚的に震えた感じ。

——やわらかで、つかみどころがないと言えばないと言う感じ。

紀子：そうそう。でもあの感覚は波多野爽波がよく分る感覚だろうと思うの。でも私はやっぱりこれはやれないわと思った。私はそういう感覚じゃなくてもっとどぎつくて、強くて、えぐいから。繊細さが無いからこれは無駄だろうと思った。自分に無いものを追いかけたいけど、無いものを追いかけても無駄だろう。だからそっちに行くのあきらめた。

三人目の長谷川櫂さん、これは何だろう？　攝津幸彦は魚目先生は知らなかったかもしれない。長谷川櫂さんは魚目先生がすごく買ってた。だから最初に名前は入ってたわけ。そしたらある時、中田剛さんが「このごろ何かすごくしんどい句会に入ってて、男だけでしんどくてたまらんから」ってことでその句会に入れてもらえることになって、じかに櫂さんと会えることになったわけ。魚目先生に、櫂さんと中田剛さんと一緒に飴山先生の句会に行けることになりましたって言ったら「女は、いいなー」って。男って、櫂さんが来るからとか言ってそんな所へ何しに行くんだってところあるやん。女はそんなこと考えないからね、大喜びでね。それで長谷川櫂を実際に見たんだ。前に私と雅樹君が魚目先生の歳時記っていうのを二人で作って出した。そして皆に配った時に櫂さんにもあげたんだわ。櫂さんは魚目先生を前から好きだったらしくて、要するに魚目歳時記だから句を調べたりするのにすごくありがたかったわけ。それで名前を知ってくれたわけ。でもそのころは飴山先生の方ばかり見ていて、櫂さんがいたって言うくらいで、きゃーきゃーと言うこともなかったんだわ。

——おいくつくらいの時ですか?

紀子：二十年前。だから四十五くらい。俳句を始めて七、八年してから。

——魚目先生は、飴山實さんの句を好きだったんですか?

紀子：「晨」をつくるときに魚目先生はほんとは飴山先生を入れたかった。だけど飴山先生が純粋な同人誌ではないから嫌だと思われたみたい。だけど飴山先生の句は魚目先生はもちろん認めている。

――作風は違いますね。

紀子：魚目先生より飴山先生のほうが分りやすかったし、本当についていけるって感じ。感覚的にも純粋さがあって、魚目先生は感覚とかいうのとはまたちょっと違うような気がしたのね。美学みたいなところじゃないかなと思うけどね。櫂さんがあるとき雑誌に載っていた飴山先生の句を見て、この人につきたいと思ったらしくて、自分で手紙を書いて、ただ一人の弟子になったんだ。だけど私から見たら、櫂さんのもぜんぜん違う。

――どう違うんでしょう？

紀子：よく分んない。飴山先生は理系の人じゃない。櫂さんは文系の人で、文系の感じがするの。

――櫂先生の句も理系といえば理系のような気が……

紀子：でも、飴山先生についたわけだけどさ、合うと思ったとは思えないけどね。どっちかいうと飴山先生より飯田龍太先生に似てるんじゃないかと思う。飴山先生とは似てないから、いくらがんばってもあんな風な句は作れないから、飴山先生についてみようとなったんじゃないかな。でも、ともかく私たちのレベルは超えていたみたいだから、櫂さんというのは。飴山先生も櫂さんは絶対最高だって思ってたから、無記名だけどきっと分ってたんじゃないかと思うの。だから、飴山先生が櫂さんと二人で句会をするという感じだった。でもぜんぜん違うんだから、飴山先生に取ってもらってももらわなくても関係ないんじゃないと私は思ってた。

うーんと、「夏の闇鶴を抱へてゆくごとく」っていう櫂さんの句があるの。どこの句集にも入れてないのよ。だけど発表したときすごい取り上げられて、魚目先生は、あれが長谷川櫂の最高の句だって言ってたし、魚目的な目でみると本当にそうだと思う。私がその句を短冊に書いてくださいって言ったとき、櫂さんがさ「ごとし」？「ごとく」だったかなって（笑）。自分の句なのに。でも私もそう言われるとどっちだったかしらって分んなくってさ（笑）。句集に載せなかったのはなんでだろうと。飴山先生か誰かが載せないほうがいいって言ったんじゃないかなってちらっと聞いたの。でも櫂さん自身がすごくいい句と思わなかったかもしれないし。それから感覚句というものを認めなかったのかもしれないのね。だって「夏の闇鶴を抱へてゆくごとく」というのは、まるっと感覚じゃん。でもすごい句なのにもったいないもったいないってずっと思ってたの。あるとき櫂さんにどうして入れなかったんでしょうねって聞いたら、そうですかって言って、じゃ今度、「鶴」という題で句集でも出しますかねって（笑）。本当は何考えてんだろうかって、よく分んない人なんだ。でも、その三人だわ、私の目は絶対間違いないなと思って。その内のふたりが亡くなって。田中裕明さんはすごいのは分るけど、生きていたとしてもつかなかっただろうし、あんまり違うから。攝津幸彦さんはすごい残念だった。もし生きていたら、私は絶対行って、ついてた。あの人が今私がやりたい現代俳句のすごいところをやってた人だと思うんだわ。

――そのすごいところを具体的に言うと……

紀子：それが分んないから、すごいのさ。普通の凡人は有季定型の写生を二十年やってそれから初めて自分の思いとか、そういうのを写生から飛ばしてやっていけるって思う。最初のころの私は攝津幸彦に知り合ったとしても、とてもついていけない。今でもついていけないかもしれないんだけど、でも、今だったらなんとかついていこうとできたのにと思うね。だから早く死んでしまわはって残念だなあと思う。

――生きてらしたら、先生と同じくらいのお歳ですね。

紀子：そうそう、若い人だったもん。私が思っている現代俳句っていうのが、物を写生して客観写生して句を作ろうというのがほとほと嫌で、なんていうか、自分の意識みたいなところを言葉で言おうっていうのじゃないかなと思ってたわけ。でも私たちは、無意識のうちに言葉で観念でそのまま言ってはいけませんって言われたような気がして。魚目先生がそんなこと言うはずないんだから、なんでそんなものが刷り込まれたんだか分んないんだけど。何が観念だか分んないんだけど、ものの実体がないものを、いくらその偉そうにありそうに言っても実体が感じられなかったらその句は失敗作だっていう風にね、刷り込まれたのよ。それで今になったら観念を言いたいわと思うわけ。だけどまるっと何もないで机の上で頭で考えても作れないし、たとえ作れたとしてもすごく幼くて、前に誰かが考えて作ったものと違わないかもしれないじゃん。その恐れがあるもんだからやっぱりものを見ないと作れなくて、ものさえ見れば後はどんな風に飛んでもね、許されるんじゃないかという気がしてるわけ。なんとか観念も入れて、その代りものも入れて。現俳協の人たちの弱みだと思うの、実体が無いことが。私は今まで二十年写生やった、ね。うまいことと言って写生と観念両方できるっていうのができないのかなと必死になってやっているんだけど難しいわねえ。

——見本があるわけじゃないですからね。参考になる作家や作品はあるでしょうが。

紀子：分んないんだけど、耀さんという人はなんだか不思議で、何考えてんだかちょっとね……

——でも、プロフィールの中でも長谷川耀さんに兄事したと、書かれてました。

紀子：あれは自分が書いたんだけどさ、あんとき弱気になっていたからさ。それまではそのこと書かなかったんだ。耀さんのことは先生とか思ってなくて、だから耀先生と呼んだことはなくて、はじめは耀さん、耀さんて呼んでたんだけど、この人はちょっと自分より遥かに上なもんだから、ちょっとこれはやれんわとか思って、耀様になったの（笑）。

——なってますよね（笑）。前回のインタビューでも耀様っておっしゃってるぽいなと。

紀子：それは、遥かに自分より上でそれは俳句じゃないのよ。

――俳句じゃない！　何なんですか？

長谷川櫂は

紀子：それは人間。人間たって、いい悪いじゃない人間なのね。で私さ、角川から十二句っていう依頼が来たの。それで題は「長谷川櫂は」っていう題なの。でも長谷川櫂を思って作った句はないの。ぜんぶ吟行で作ってその場の景色を見てできた句。で普通の句がずっと並んでて真ん中辺に前書が「長谷川櫂は二句」ってなってんの。その二句なんだけど作ったのはお伊勢さんで。冬至の日の出を見るために泊りがけで行って作った句で、長谷川櫂さんはまったく関係ないの。一句は「虚空より神の落とせし龍の玉」。とてもきれいな龍の玉を見て、あんまり青くて、キラキラ光って、鉱石のようにきれいで、それでなんでか知らんけどできたの。それで名古屋の円座の句会に出した。そしたら山田歌子さんがね、一人取ってくれたのね。どうして取ってくれたのって聞いたら歌子さんが「これは長谷川櫂さんだと思ったんです」と。えーって思ったんだけど、それを聞いた瞬間に、あーこれは長谷川櫂だわと思ったの、龍の玉が。歌子さんどうして分ったのって聞いたら、櫂さんをそういう風に思ってるって。そんな風に思わないで作ったのに。ね、これが一句目。

――二句目は……

紀子：「神よりも高きところに長元坊」。ね、長元坊は隼の別名なの。伊勢神宮の鳥居のところに朝日が昇る前にみんなで行った。冬至の日は鳥居の真ん中から日が昇るのよ。六時半ごろから行って七時四五分にそこまで日が来るんだけど、いつだいつだと待ってるわけね。で、わー昇ったーっとか言って大喜びしたんだけど、待ってる間にカラスが飛んできて鳥居にとまったのよ。私はそれを見て「神よりも高きところに長元坊」ってやったのよ。隼なんだけど、そんなものいやせんのだ。でも隼みたいで、カラスじゃないみたいだった。でもカラスに違いないんだ。トンビかカラスだ。でも隼にしようと思ってそしたら長元坊って書いてあったから、いい名前だ、これにしようと思って。それで鳥居にとまっているという風に言っては駄目なの。ただとまっているだけでは駄目だから、鳥居と向うの杜がお伊勢さんの神様でその上に鳥がいるから、「神よりも高きところに長元坊」って。で家に帰ってから、これも長谷川櫂だって思ったの。で、二句になったわけ。で、「長谷川櫂は」って題にして十二句出したときに人はどう思うだろうかと思ったの。この人、櫂さんにいかれちゃって、神様よりすごい人だと思ってこんな句作っておかしいねってきっと思われるだろと思ったの。だけど、いいやと思った。「虚空より……」は確かに櫂さんを褒めてる。だけど「神よりも……」は褒めてるかなって自分で思ってるわけ。櫂さんは自分を神より上だと思ってるんじゃないかなって、私は思って。だから、実際の俳句の次元を超えてるの、長谷川櫂に関して私は。この人はひょっとしたら攝津幸彦より上かもしれない。何が上かよく分んない。俳句ではないのよね、何かで上なの。きっと私には一生涯分んないんだけど。

――最初からそういう印象だったのですか。

紀子‥一番最初に飴山先生の句会に来たころの櫂さんはすごく素朴で頭が良さそうで、あんまり物を言わなくて寡黙なほうで、いい人みたいに見えた。素朴でいい人で優秀だから、すごいなーって思った。テレビの話したっけ？　ある日テレビをつけたら夏石番矢さんと櫂さんが出てたの。それがおかしくて。要するに若手俳人で現代的なのと伝統的なのとの対比のために二人を出したみたいなものだったの。夏石番矢さんが出ているときは現代音楽みたいなのがかかってんの。それで櫂さんに替わったらお琴が出てくるわけ（笑）。なにこのバックは、ＢＧＭは？　お琴か？　そういう風にディレクターが思ったわけだ。長谷川櫂はお琴。夏石番矢は現代音楽。まあ、かわいそうにと思ってね。それで櫂さんが何かしゃべり出して、あんまり頭に入らなくて、でもそれを見ている内に、いやー、こ

の人、この人だわって思った。すべての中でこの人。よう考えたらこの人と句会してるじゃん。してた時は思わなかったの。テレビで見たときになんか感じちゃったの。そしたらそのちょっと後で櫂さんが「古志」を出すって言うの。本人は言わないの。あの人すごいのよ、自分のこと何にも言わないの。でも聞こえてくるわね。この人と思った人が結社誌を出す、これはついていかなきゃと思ったわけ。飴山先生も魚目先生も消えてるの。この人についていかなきゃって。俳句は魚目先生でいい。遥か上なものだから、ついていける。だけどこの人は逃してはいけない。この人のやることを、これからやることを、することを、見ていなきゃならない。それで櫂さんのところへ入ったの。

「晨」は同人誌だったのね。あれが結社誌だったらどうだったろう。あの時代は結社誌っていうのは先生についていくからそこに入るんであって、他の先生につくんだったらそこをやめて他の先生につくべきだという感じがしてた。だけど「晨」は同人誌だから、魚目先生はついていっていいんだわと。でそのほかにこの人の結社誌よ。その代わり俳句は習うつもりはないんだから、かまわないわと思ったわけ、自分の中でね。でも入るにしても魚目先生に言わなきゃまずいわと思って。先生は「ぜひ行きなさい。僕が手紙を書いてあげましょう」と言ったの。それで書いてくれたらしいよ。私も手紙を櫂さんに書いた。櫂さんは飴山先生のところへつくのに手紙を書いた。私ももちろん櫂さんにつきたいと思うので、入れていただきたいと手紙を書いた。内容はあんまり覚えてないけど。

――「古志」の中での先生は、どんな感じなのですか。

紀子：十句出すんだけど、櫂さん取ってくれて、第二号は巻頭にしてもらって、ほとんど上のほうにいて。でも自分としてはそんなことに興味がないわけ、だって俳句を見てもらうつもりがないんだから。ただ「古志」にいて櫂さんがやることを見て、機会があったら一緒のところへ行って。櫂さんを見てるということに興味があるのであって。

――句よりも人を見つづけて、二十年たったわけですね。

紀子：あの人はその間にすごい仕事をしているのよ。『古池に蛙は飛びこんだか』という本を出したかと思うと、海の細道も行ったしなんか評論もいっぱい書いて、この人はやってきた、ああやっぱり私の目は間違ってなかった。やるべきことをやっていたなと思った。ただ途中から手放しでいい人なんて言えないようになってきてなんかよく分んないけど、恐い。恐いのは信長的恐さって言うのか、あるんだわと思って。「信長のごとき人なり白浴衣」という句を私、作ってさ。

――櫂先生から見た、武藤紀子はどういうイメージだったんでしょう。

紀子：分んない。名前ぐらいは覚えてるだろうけど意識の中にはないんじゃない。結社やりなさいっていうぐらいなんだから、少しはあるかもしれないけど。あの人は自分のためになるとか、そういうのを一切考えてないわけだ。「古志」

のためになるとか、自分のためになるとか、それは一切ゼロだ。そんなレベルのことは考えてないわけ。遠くにやれそうな人がいる、だったらちょっとやらしてみたらどうだろう、とかね。中田剛さんもそうなの。この人はやれそうだ、その割に俳壇的におかしい、すごい実力のある人だから、自分が手を貸して元ある位置に戻してあげたいとか、ね。そういうことは思う。自分のやりたいことの一つだったかもしれないね。あれだけ一所懸命がんばってあれしてくれたんだから。

――主宰という立場から櫂先生に学ぶところはありますか。

紀子：うーん、全然そんなレベルが違うの。櫂さんは主宰としてなんとかなんて低レベルのことは一切考えないの。言葉はあれだけど日本全国の人民を俳句で救おうというぐらいのことは考えていたかもしれないけど、そんな「古志」の主宰でどうのなんてちゃんちゃらおかしいわね。だから「神よりも高きところに長元坊」なのよ。日本全国の人民を考えているの、あの人は。百万人とか一億人とか大好きだからね、大がかりなんだよね。不思議な人だよ、あんな人が世の中にいるなんて……。

――実は今回は飯田龍太さんの句についてお伺いする予定だったのですが。

紀子：でもあれだよ、私に関しては魚目先生の次には長谷川櫂なんだわ。櫂さんがいなかったらちょっと違ってたと思うよ。魚目先生だけだったらなんかここまで来れなかったような気がする。絶対にする。でもみんな櫂さんの悪口言うじゃん。

――まあ、あれだけメジャーになられたら。

紀子：でも魚目先生はいまだに櫂さんを買ってて。俳句って、私の考える俳句は人とのつながりみたいな、なんて言うか、魚目先生の使っていた言葉なんだけど、存問という言葉で、どうしてらっしゃいますか、いかが思いますかって相手のことを気遣って、たずねて、そういうのが俳句の元のような気がしてるのよ。でもあの人には気遣う相手がなくて、何にもないのに、どうして俳句やってんだろうと思うの。俳句やらないで他のことの方がいいような気がして。でも他のものって何だろう、よく分んない。人より遠くを見てるのは間違いないよ。人より遠く、人より先へ……人というのは一般大衆だけども……より先を見てるような気がするから、あの人の進んでいる道は自分で考えて進んでるんだけど、普通の人より遥かにスパンを超えて、先のことをやっているような気がする。

――批評家なんでしょう。大批評家として何百年も先を見ているし、何百年も後を見ている。

紀子：だから、すごい人なんだ、やっぱり。

――たぶん改めてまた、俳句だけでない詩歌の歴史を書き直すという作業もされるんではないでしょうか。

紀子：そう、そういうの私弱いから全然分んないの。そういう考えが。でもなんかすごいなというのはびんびん感じてさ、近寄らんとこうと思ってさ（笑）。

◀幼稚園の先生と

2　好き・嫌い——『円座』——

一本の筋ではなくて

——前回までは先生の俳句作家としての生い立ちを伺ってきました。今回からいよいよ先生自身の作品へと深めていきます。そこで先生には事前にご自身の発表作の中から、今から見て「好きな句」「嫌いな句」を選んでいただきました。発表時は自信作だったけれど、今から見ると自作への評価が変わっているかもしれない。年月に伴うズレみたいなものによって、先生が今どこへ向かおうとされているのかが浮き彫りになるかもしれない。そんな期待を込めて、無理なお願いをしました。先生からのご指摘もありまして、今回は第一句集『円座』から、それぞれ十句ずつお選びいただきました。

紀子：小たかさんからは、今までの句集のぜんぶからってお話だったんですけど、三十年俳句をやってるんですね。修業時代があって、道場破りの時代が

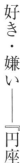

一九九五年六月三〇日刊

あって、今みたいなのがあって。で句集を三冊出してる。それぞれ、そのものが持っている歴史っていうかね、それがすごく違うのね。だからぜんぶ総括して好きな句、嫌いな句とかいうと大雑把になって、それでは無理だと思うの。それで『円座』からということにした。

　で、『円座』っていうのは大体俳句をはじめてから十年くらいで作った句集です。第一句集っていうのは普通の句集と違って、要するに先生に選んでもらう。第二句集以降は基本的に自分で選ぶ。だから第一句集っていうのは、先生にそれまでやってきた十年間の道筋をつけてもらうって意味があると思う。だけど自分では分らない。夢中でその時その時作ってた。自分で自分のものって分らない。目指してるところも分らない。それはぜんぶ先生におまかせで、先生にその十年に作った句を出して。私の場合、三千句出しました。その中から三六九句、選んでもらった。「こんなにたくさん出していいんですか？」って魚目先生に聞いたら、「多い方が選びやすい」って言われたんですわ。例えば六百句出して三百句選んでもらったほうが選びやすいんじゃないのかなって思うけど、そうじゃない。「いくら多くても構いません」って。魚目先生がぐっちゃぐっちゃの句の中から三六九を選んで、この人はこういう芽がありますっていうのを多分出してくれたんだと思うの。

――なるほど。

紀子：三千のうち三六九選ぶってのは、大体十分の一ですよね。先生の好みっていうのがもちろんある。一番に、自分が好きな句ってのがある。で、それからこの人らしい句だなあって思う句。個性が見られる句っていうのが選べるよね。先生が選んでくれたっていう句は今見ると結構いろんな範囲でね。魚目先生の好きな句ばっかじゃないわけ。

●好きな十句　『円座』より

黍の穂や沖ノ鳥島風力五
初ざくら海を感じてゐる扉
たてがみの他摑めずに修司の忌
春着の子激しき水のことをいふ
青芭蕉馬居るごとく翳りをり
　マン・レイ展
白布敷きあるはずもなき蜘蛛のかげ
あるときは月に掛けたり柚子梯子
巣立鳥水つめたくてすこしとぶ
斑猫の消えしと見ればふえてをり
遊ぶ子に松葉の匂ひ日短か

●嫌いな十句　『円座』より

父からの手紙その夜の雪明り
雪国の六百貫の鐘の音
播州にをり白い蓮紅い蓮
たつた今蛤置きしところ濡れ
聖堂は大いなる船鰯雲
　「晨」同人会　彦根
みづうみを翁とおもふ夏雀
父と子の竹馬づくり貴船川
山吹に鯨の海の流れをり
能面に歯のある不思議秋の風
なにもかも須弥壇の上浮寝鳥

普通の一般の句会だと割合、先生は自分の好きな句を取るから。皆がそれを目指して作るわけ。先生がいたらその先生がやっていること。先生が好きなこと。好きな季語。そういうのでみんな作るわけ。取ってもらえるから。一番最初は先生のやってることをなぞって習っていく。昔の俳句はそういう俳句だった。それを十年やって。今度は自分のものを探しながら十年やって。それから今度は自分だけのものをやるっていう感じだったのね。だけど今はもう大体入ってくる人だって歳だしね。そんなこと最初の十年やってたら死んじゃうんだもん。先生も死んじゃうかもしんない。だから昔みたいな俳句って今はできなくなったと思うけど。まだまだ私の時代はそうだった。

だからこの『円座』っていう句集はそういう句集で、魚目先生が好きなものと、それからいいと思ったものと、それから私らしいと思ったものを入れたんだと思う。だから『円座』は一本の筋ではなくて、いろんなものが入ってると思う。それは魚目先生がいろんなものを取れたというのもある。だから私がそれから進んでいくのはどの道になるか、『円座』を見てもちょっと分らない。

それで好きな句の中でね、一番最初に「黍の穂や……」ってのが出てきてね。これなんか今でも新鮮だわと思うの。吟行で唐黍をみて、そん時にこの形ですっとできたんだわ。自分の子供のころはラジオの時代で縁側なんかで聞いてると「何とか大東島風力一」とか言ってたのをうろ覚えに覚えてて。南蛮黍って言うくらいだから、南から入ってきた植物で沖縄とかあっちのほうのイメージがあって。それと縁側で聞いたラジオが合体して、すぐにできたわけ。

でもラジオも縁側も入れない。入れないで直《ちょく》に「沖ノ鳥島風力五」っていうのが入ったのは、私の今のやり方なんだ、これ。今のやり方。

――まだ魚目先生の元でやっていたわけではないのに、強引なぶつけ方がすでにどこかで繋がっているような……

紀子：そうそう。で、次の「初ざくら……」。これは、海は行ったんだ。知多のほう。扉を見たかどうかの覚えがない。桜のころだったの。でもそこで作った覚えがない。うち帰って来て、珍しくこれは作った。なんで扉が出てきたか分らない、でも、海を感じてるのは自分では駄目だと思った。何かもっと硬質の冷たいものが海を感じて、それだったら桜とすごく合うと思って、たぶん扉が出てきたと。

――扉、なかったんですね（笑）。

紀子：だからどうしてできたか分んないけど、こういうのすごい好きなんだわ。何かね、甘いって言われるところがあるんだわね、こういう部分で。このあいだも作ってね、「北国の夜明けの色の鱈を買ふ」って句なんだ。そしたらさ、ある人が「いやあ、歌謡曲みたい」って言うわけ。で、自分でもね、そういう風に少し思ったわけ（笑）。

で、現俳協の会に出したらある先生に特選に取っていただいて。その先生にね「この句ね、甘いねえ……歌謡曲みたいって言われたんですけど……」って言ったら、そんなことはありませんよって。その先生は特選に取ったものだから「そうです」とも言えないから（笑）。だから「初ざくら……」の句には私の持っているその危うい……俗の部分ね、歌謡曲の部分があるんだわ。すれすれのところ。

――ただどちらの句も、寒さ、冷たさで、甘い部分を抑えている。ちょっと甘さ、ひかえめ（笑）。

紀子：でもここ私の弱みの部分ね。つぎは「たてがみの……」。寺山修司ってさ、大抵の人が最初好きになるじゃない。なんか必ず通過するじゃない、太宰みたいに。それでご多分に漏れず、私もすごい好きだったわけ。好きだったのに、自分の短歌を削って俳句にしたり、俳句を引き延ばして短歌にしたり、してんのを見た。

――見た？

紀子：見たっていうか、この人の歌集や句集を見たときに。それまでは寺山修司って百パーセント教祖様みたいに思ってたのに、そうでもないじゃない？ちょっと怪しい人じゃない？　とかって思いだしたんだ。寺山修司がちょっと胡散臭いかなあって、そう思ってしまったから「たてがみの他摑めずに」っていうマイナスな評価が出てきたわけよ。

――あ、マイナス評価なんですか？

紀子：手綱がなくて、たてがみを摑んでいる。景はそれなんだ。だけど疾走しているときに馬のたてがみの部分しか摑めなかったっていうので、少しはマイナスなんじゃないかしらんと思って。つまり、馬全体をこの人は摑めてなかったんじゃないか。ほんとの、ほんとの、ほんとの、真っ当な詩人じゃないんじゃないかなあってところが自分の中にあってね。

でも、これ好きだっていう人、結構いてさ。自分では成功作かな。それから忌日の句に自信が持てて、必ず作るようになった。

――うーん、修司という暴れん坊のたてがみしか、作者である自分が摑めないという句と思ってましたが……

紀子：ほんと？　でも、こういう風にぜんぜん写生と関係無しでも、最初のうちに作ってる。それから「春着の子……」っていうのも。

――これは写生ですね。

紀子：でもこれぜんぜん写生じゃないの。まるっと作りあげたの。

シュールなのがやりたい、今、今、今

紀子：「春着の子激しき水のことをいふ」これ、全然写生じゃないの。まるっと作った句で、ポイントは「春着の子」。昔の書き方の春著って字がおもしろくて、こんなの季語なんだって。でも句の「着」は今の字だよね。で、この言葉に引っかかったんだね。でも「春着かな」では作れないから「春着の子」にしてんの。これが出てきた。「春着の子」が。でその後「激しき水のことをいふ」はもうパッと出て。どっからか知らない。全然見てない。でも「激しき水」は絶対いいと思った。
――そうですね。
紀子：ここは詩になってるよね。「あの水すごかったんだわぁー」とかって、

子供が言ってるのが目に見えてくる、で「春着」と合ってるよね。だからゼロからできた。「春着」って言うのだけからできた。

──読者の皆さん、そういう作り方をされてるそうです（笑）。

紀子：次の「青芭蕉馬居るごとく翳りをり」。次の「白布敷きあるはずもなき蜘蛛のかげ」とともに、マン・レイ展を見に行って作った句なの。マン・レイっていうのは世界的に有名な写真家なんだ。ほんで魚目先生が、よく絵から作るんだ。絵とか書ね。芸術的にいいものって言うのをよく見なさいって。あたしたちはそういうので指導されたから、いい絵の展覧会があったら見に行って。このマン・レイ展は私一人で見に行って。自分でもカメラで写すのは好きで、ただすごい機械オンチで、カメラも機械なのよ私にとっては。よう扱わないんだわ。とにかくシャッター押すとき、必ず手が震えるし（笑）。写真の何が好きかって言ったら、構図を見つけるのがすごい好きなの。きれいな景色を撮るんじゃなくて。何か構図があったときに初めて写真になると自分では思っているから。写真やりたかったの。だけど手が震えてしかも自分が思ってる構図と写ったものってのは似ても似つかないのよ。なんで？　って。人間の目とカメラは違うの。自分では見たいものだけ見るから、見たいものが見たい大きさで出てるんだけど、カメラを通すとチャラになっちゃって。だから思ったものは撮れない。「あーもう。写真駄目だわ」と思って。それで俳句に行ったと自分では思う。

――えっ、そうなんだ。

紀子：俳句は言葉で写すから言葉さえ使えれば、自分と同じ目線のものが出てくるわけよ。手が震えようが何しようが関係ないんだ（笑）。カメラは無理だったけど、俳句があったんだわって。そういう風に思った。だから写真を見に行くの好きだ。で、写真がなぜ好きだって言うと、カメラマンが展覧会をするほどの人ならばその人の目線っていうものが必ずあるはずで。だからそれを見るってことはその人の芸術的なものをじかに見れることであって。ただし、それを見て俳句を作るときに、もうすでにその写真家が全体の景から切り取ってる。それを見て俳句を作るのはちょっと盗作だわとか思ったわけ。でも、その写真を見て自分も何か感じたら、それを詠んだら、まあ自分のものだろうって。

――なるほど。

紀子：で、青芭蕉の所では馬はいなかった。芭蕉でもなかった。たぶんバナナの葉っぱじゃないかな。南国の大きな葉っぱ。で、その中に女の人がいたの。その葉っぱ見たとき「青芭蕉」って季語は浮かんだ。写真は女の人の顔も出てたんだわ。だけど私はこの葉っぱがあれば、向こうにいるものは黒い影になって、その葉っぱに映るんじゃないかなと思った。で、黒い影。影が出てきて、女では影が弱いと思ったんだわ。馬ならね、馬なら強い黒い影が浮かぶ。それでこの句ができたんだ。まるっと写真で作った。自分でもこれ、すごく好きなんだわ。「白布敷き……」よりもずっとこっちのほうが好きなんだわ。インパクトがあると思うよ、青い葉と黒い馬の影。

——では、「白布敷き……」にいきましょう。

紀子：多分ね、白いテーブルセンターがあって全面に、写真としては。何か載ってたんだろうとは思うんだけど、見たのはテーブルセンターだけ。あとは自分が作ったんだ。「白布敷き」っていう言い方もおもしろいと思ったの。テーブルセンターでは駄目だと思って。「白布敷き」というのは、何かタドタドしいけど。で「あるはずもなき蜘蛛のかげ」っていうのは……何だろうね（笑）。なんかその妖しいもので。でも実体が無くて、でも何か影っていう実体はあって。あー、これすごいシュールな詩！　とかって自分で思ったの。シュール（笑）。で、シュールなのがやりたかった、このとき。今もシュールなのがやりたい。今、特にやりたい。シュールなのが。でももうすでに『円座』でやれてたんだっていうのがすーごく不思議だわ、自分でも。今作りたいの、この句は。今。今。今、作ってもいいくらいのなんていうか大した句だと思うよ。実体として強さは青芭蕉にはぜんぜん負けるけれど、でも、シュールなって意味からしたら、こっちの方がなんだか、すごそうじゃない？

——そうですね（笑）。

紀子：で、今でもそうだけど完全に自分の中では理解してないのよ、内容を。評論家か誰かがこうこうっていかにももっともそうに言えること、何ひとつ言えないの。だけどこれ「シュールなので成功」とかって自分で勘で思うわけ。

でもその『円座』で作ってたのがびっくりだわ、既に、二十年も前に。

——今日お聞きしたかったのはまさにそういう感じのお話です。

紀子：だからあなたに普通の写生の句がほとんど無いって言われたときに、びっくりしたんだけど、私は普通の写生句ばっかり作っているつもりだったんだ（笑）。もう完璧に写生句のつまんない普通の作ってた、というイメージを持ってるわけよ。でね、今になってそれでは駄目だわと思ってるわけ。それでは駄目。自分はもっと違うものを、今作らなきゃいけないのに。ではどうしたらいいか。どうしたらいいかと思ったときに、そうださっきのシュールじゃないけど現俳協の句だわとか思ったわけ。現俳協の句は言葉で言う。観念で言う。それで勉強してる。そのぉ、俳句は勉強してできるものではないんだわ。分ってるんだけど、でも、じゃ勉強しないでできるかってったらそうじゃなくて。で、今、その「韻の会」といって。小川双々子という、ものすごい前衛の先生がいらして。名古屋に。私は昔は魚目先生とその双々子先生が、二大だと思ってた、名古屋にいる人では。で魚目はついててよく分るけど、双々了の句はぜんぜん分んないけど、でも、この先生はすごい、そう思った。私は昔から何も分んないのに、そういう勘だけはすごいと思うの。自信があるんだわ。で双々子の弟子たちが集まって、今、句会やっててそこへ入れてもらってね、勉強してんの。双々子の句がさっぱり分んないんだけど、でも、パッと見てこれは何かいいと思った句があって。例えば「風や　えりえり　らま　さばくたに　菫」。「え

りえり らま さばくたに」それは何かと言うと、キリストが十字架の上で死ぬ時神に祈って「神よ、なぜ、なぜ、私を見捨てるんですか」って言ってるところなのね。聖書のなかで多分そういう部分なの。で、「風や」っていうのがよく分んない、ね。最後の「菫」もよく分んないんだ。で、訳分んないだけど、でもこれはいい！　すごく上質のものだっていう勘だけはあるわけよ。そういう風に何かいいもので、今まで私がやってなかったものをやりたいと思って、今勉強してるわけやん。だけど手に入れられるものかどうかは分らない。

——つぎは「あるときは月に掛けたり柚子梯子」です。

紀子：これは飴山先生と櫂さんたちと一緒に、水尾の里、あそこに行ったのよ。あそこは柚子の里でさ。で「あるときは月に掛けたり」がまたこれねえ、大づくりの言葉だよねぇ（笑）。

柚子梯子があるのよ。で普通は「柚子梯子」っていうのでやるじゃん。「青空に雲は来にけり柚子梯子」とかさ。でも私の場合は、今は柚子の木に掛かってるけど、夜になって満月で月が出たら、月に掛けるんだわーとかって思うわけやん（笑）。で「あるときは月に掛けたり」なんだ。そのまんま詠んでは自分では嫌なの。

——これ、人によっては甘いんじゃないかって……

紀子：そうそう、これも甘いやつだよ。なんとなく童話的な感じ。絵本にこの絵がありそうじゃん。

――最近の「円座」ではあんまりこういう作風は見ないような。

紀子：そうだね。多分これはもう物足りなくなってきたと思う。今。

――メルヘンではあるけど、シュールではない。

紀子：もっとシュールなのを作りたいなと思ってるわけ。もっと厳しいシュールなほうね。で、「巣立鳥水つめたくてすこしとぶ」は、すごい好きな句なんだわ。実際見たのはちっちゃな鳥が側溝を歩いてる。飛んでるわけじゃなくて。歩いてるったって、ちゅ、ちゅ、ってくらい。それであの鳥は「巣立鳥」だって思ったわけ。まだちっちゃくて独り立ちしたばっかりの時で飛んでどっかへ行ったんだけど、そこんとこが水でびしゃびしゃになってて、側溝だったからね、ほんで冷たいからちょこっとどこかへ行ったんだ。「水つめたくてすこしとぶ」は完全に自分の中で作ったわけ。でもこの句はすごく好きで、それで飴山先生が亡くなられたとき、悼句の十句の中に入れられるなあと思った。先生が亡くなった、だから皆でがんばって飛んで行くんだって感じ。これと「春着の子……」は、同じタイプの句だと思うわ、なんとなく。

――つぎの「斑猫の消えしと見ればふえてをり」は……

紀子：これこそ客観写生の句じゃないかなーと私は思った。

――えっ？　そうですか……？

「やったぜ」って思ったわけ、だから嫌

紀子：「斑猫の消えしと見ればふえてをり」、これはまず写生句なんだ、完全に。飴山先生たちと行った、多分岡山の総社かなんかのとこで、山道を歩いてたら斑猫が先に行って。「道教え」っていう名前の虫なの。いかにも人に道を教えるようにひゅっひゅって行くのよ。でその「道教え」がいて。あーっ、「道教え」いたよと思ったら、ふっと見たらいなくなってて……またふっと思ったら、今度いっぱいいたの（笑）。

――それ珍しい光景ですね（笑）。

紀子：そう思うでしょ。でも実際そうだ。だからこれこそ写生の句で。完全写生の句で、虚子がいう客観写生ってこれじゃないかしらんとか思ったわけ。ちゃんとものを見て、ものの本質みたいなところを摑まえたんじゃないかなあと自分では思ったの。物を見て、完全に写生でできおおせた。だから私写生はもうできたんだわとか思ったわけ。同じレベルのものなら作ってもいいけど、それより下のレベルのものだったらもう作っても仕方がないから、どっかよその道へ行きたいと思ったぐらいなの。

――ある意味、ちょっと記念碑的な？

紀子：そうそう、これと「猪垣の閉め忘れたる扉かな」っていうのね。「猪が入るのでこの扉は必ず閉めてください」って書いてあった。それで「閉め忘れ

たる扉かな」っていいんじゃないかなと、これも客観写生と言えるんじゃないかなあと思って、自信があった句なの。長年自分はずっと写生でやってきて正しい句も作れるようになった。だからもう写生の句はやめて、「風や えりえりらま さばくたに 菫」、こういう句を作りたいわーって思ったのよ。もうこっちはできたから。できたけどそんな毎回できるとは限らないんだけどね。「えりえり らま さばくたに」もできるようになったらどんなにかいいかしらんと思ったのよ。で、「遊ぶ子に松葉の匂ひ日短か」。そんなに自分でもいいとも思わなかったんだけど。でも「松葉の匂ひ」。なんか、いやらしくないじゃない。

――えーっと、つぎはいよいよ嫌いな句に入ります。

紀子：嫌いな句。大体私のまず嫌いだなあと思ったのは、嘘の句ね。例えばさっきの「松葉の匂ひ」も「海を感じてゐる扉」も作った句なんだけど、そういうのじゃなくて、それこそ死んでもないお母さんを作品の中では死んでるみたいに言うとか。そういうのをいいと思って作ってたわけ、初期は。

例えば「父からの手紙その夜の雪明り」ってさ。父から手紙なんかもらってない。でもよくあるじゃん、父から、母からもらった手紙とか……なんか俳句らしいようなものになるような気がした。しかもその晩、雪が降って、雪明りで白く輝いているの。俳句的に良さそうとかって思うじゃない。こんなもの全然嘘でさ。だから今から見ると嫌、こんな句。「どうだっ」って感じがみえみえじゃん。

――つぎは「雪国の六百貫の鐘の音」……

紀子：これ、いいっていう人がいるのよ。そのたんびに嫌だわーとか思うのね。六百貫っていうのがものすごく太った自分っていうイメージがあってさ（笑）。

――体の重さとは、思わないのでは（笑）。

紀子：でも「六百貫」にものすごく違和感がある。そんで嫌いなのよ。「播州にをり白い蓮紅い蓮」、これは新幹線の中から見たの。それを俳句に詠もうとしたとき「白い蓮紅い蓮」って言って。このへんでちょっとがんばったなあーって感じがしないでもないわけ。苦労の跡が見えるよねって。省略が効いててうまいなって自分では思うんだけど。でもなんとなくつまんない写生。新幹線から見て作ったのってこういうことなんだなあって思うの。なんかいかにも良さそうに見えるけど、底が浅いって。見たまんまでそれ以上には「成ってない」。

――つぎの作品は僕は好きな句だったんですが……

紀子：「たつた今蛤置きしところ濡れ」。

――なんで嫌いな方に入ってるんですか？

紀子：なんでかって言うと、これは「やったぜー」って自分で思ったわけ、作ったときに（笑）。やったぜって、「濡れ」ってここが。そのなんていうか、人を引っかける部分が見えてる、だから嫌なの。つぎの「聖堂は大いなる船鰯雲」っていうのは何だろ。よくある。聖堂が大いなる船ってさ、よく誰でも一回はやるんじゃないとかって思うわけ。鰯雲を付けるのもねえ、いかにもって感じだ

しさ、こんなん全然よくないよとかっていう感じ。昔は慣れてないから分んなくって、自分だけが見つけたように思うけどさ。

――つぎの「みづうみを翁とおもふ夏雀」は、逆に変わった句ですが。

紀子：まず「夏雀」っていう季語なんだけど、これはねえ、やっちゃいけない方に入るわけ。「雀」は季語じゃないのよね。それに無理矢理「夏」を付けてね、季語にしたってところがものすごく無理矢理感があるわけ。でも、「夏雀」ってかわいいじゃないと思うわけ、自分では。だからその無理矢理感を納得させるだけの内容があれば、使えるよって言って。で、これは納得させるだけの内容があるよと思ったわけ。で、彦根でやったから琵琶湖があって、「夏雀」の方が先にできたんだと思うの。季語として使いたいって。それで「みづうみを翁とおもふ夏雀」なんだけど、これ作った時点では芭蕉のことは考えてなかったのよ。純粋に老人っていう。だけどこれを見たら百人が百人、芭蕉だと思う。

百人が百人芭蕉だと思って、「夏雀」だと、まああうまいこと付けたかなとみんなが思うんだろうかと思って。だから結構点が入ったんだろうけど自分のなかではそのつもりじゃまずなかったし。無理矢理した程は効いてないんじゃないかなあとか思って、嫌なの。でもなんか変わった詠み方だとは思うからね。

――何か深い意味があるような。

紀子：ありそうでしょ？　実は無いんだ（笑）。だからそういうのが嫌なのよ、思わせぶりな。でもそれはちょっと魚目先生の責任もあるのよ（笑）。あの先生はどっちかっていうと思わせぶりなところがあって、本当にあるんですか？　って言ったら無いんじゃないかなあと思うところがあって。自分がそれを第一句集だから、まだ真似してる段階で。先生の真似をして何にも無いのに無理矢理ありそうな風に詠んでるってとこが嫌なんだわ。

――なるほど。

紀子：それをまだ技術的にうまくないから、その無理矢理やっているのを隠しおおせてないというところが嫌なんだ（笑）。だから隠しおおせてたら、かまへんって思うわけ。文芸なんだから。先のお父さんが死んで、お母さんが死んでっても隠しおおせてたら、いいよって。

――つぎは「父と子の竹馬づくり貴船川」です。

紀子：ここで作った（注　インタビュー場所である藤田廣子さんの芹生邸）。隣のうちで竹馬つくって置いてあったのよ、飴山先生が来たときにね。それで最初鞍馬川にしたの。ここ灰屋川だけど、竹馬だったら鞍馬川でしょうとか思うわけ。すると誰かが「鞍馬川と竹馬は付きすぎですよね」って言うわけ。それで、そうかしらって急に気が弱くなって（笑）、貴船川って変えて『円座』に出した。だけどやっぱり貴船川では、これ句にならないわと思って。でふらんす堂さんが『武藤紀子句集』を作ってくれるって言ったときに無理矢理、鞍馬川に元に戻したの。向こうが「いいですか？　いいですか？　『円座』では貴船川だけど……いいですか？」って言うから、いいです！　って。本人がいいって言うんだからいいってさ。で、鞍馬川に戻した。付きすぎでもこれでないと駄目だと思った。貴船川では駄目なのよ。

——では、「山吹に鯨の海の流れをり」にいきましょう。

紀子：これ魚目先生が直した句なんだわ。でね、原句がどうだったか、もう私忘れた。「山吹」はあって。「鯨」もあった。多分「海」もあったよ。「流れをり」っていうところを直したのかしら、分らない。とにかく作って出したとき、この句はいい！　なんて自分で思わなかった。多分、最初のやつ失敗だから。で、魚目先生が直して『円座』に出したとき、「うーん、これはなんかすごい句なんじゃないかなー」って微かに思ったけど、今でもどこがすごいんか分らない（笑）。魚目先生がこういう風に直したんだから、きっとすごく良くなったはずなんだわ。山吹が咲いてるんだよね、崖に。下は海なんだ。紀伊の海。熊野のへんの。鯨が昔よく来てて。で、そういう鯨が来る黒潮の海で、そこへ山吹が咲いてる、崖に咲いてる。っていう句なんだろうけど。魚目先生が直したからね（笑）。

――嫌いな句でも、好きな句でもなく、不明な句っていう……。

紀子：私にしたら直したってことは何か良いものがあって、それをほんとに良くしてくれたに違いないと思うわけ。これを褒めている人がいたのね。だからやっぱり、じゃあ、これは良い句なのかなあ。どこがいいのかさっぱり分んないんだけどって。

――つぎは「能面に歯のある不思議秋の風」です。

紀子：これってさあ、誰かほかに作ってない？　でもね意外とお能は好きでね。何度も見てるんだけど、ほんとになんで能面に歯を描かなきゃなんなかったのかが、いまだに不思議でさあ。歯、無しでもいいんじゃないかと思わない？般若だったら牙があるからいるけれど、増女とかね。ああいうお面で歯なんか、なんでつけるのようとかって思ったのよ。でこんな作品はほかにもあるかもしれないけど、自分でほんとに不思議だと思ったから、別に人が作ってたってかまへんわって思ったわけ。だから誰か出てきて「同じものをもっと前に作りましたよ、ほれ」って言われたら、いくらでも取り下げますよってつもりで作ってる。で、「秋の風」がまあ邪魔にならずに付いてるわあとか思って。

興味ないことを上手に詠んだってさあ

――第一句集『円座』より、今見ると嫌いな句、最後は「なにもかも須弥壇の上浮寝鳥」です。この作品は『円座』の巻尾を飾る句ですよね。句集の最初と最後は大事な句を載せると思うのですが、今から見ると嫌いというのは不思議です。

紀子：これは最後に作ったわけでも何でもなくて、ほとんど最初に作った句なの。ただ、納まりがいいじゃない、「なにもかも須弥壇の上浮寝鳥」って。だから最後に持ってくるのにちょうどいい句だわっていうので置いたけど（笑）、すんごい嫌いなんだわ。

――すんごい嫌い？

紀子：なぜ嫌いかっていうと、これ魚目調だと思うの。魚目先生がこういうまず神仏で、なにかすべてものが須弥壇の上にあって、こういう世界が好きなので「浮寝鳥」って完全に付けたんだけど。いろいろ考えた挙句「浮寝鳥」で。これで成功したと思うんだけど。その季語の付け方も魚目なんだね。魚目先生に習ったんだから、魚目の好きなことを魚目の技でやっていいんだけど、あまりにそれだから嫌なのよ。自分が無いみたいで。

――今から振り返ればこそですね。

紀子：そうそう。その時は先生について一所懸命やってるから、「ようし、うまくやった！」って感じでねえ、単純に喜んでたけど今から見たら「あんた須弥壇の上になにがあろうと興味ないだろう」って言われたら、無いのよ、ぜんぜん興味ない。仏さんがいっぱいいいようがさあ、何が載ってようがね。すべて載ってるからって、そういう世界っていうのに興味ないのよ（笑）。興味の無いことをいくら上手そうに詠んだってさあ、しょうがないじゃないって今になったら思うわけ。でもこれは習作時代だから、『円座』は。仕方がないことなんだわ。これをやってきてはじめて魚目を卒業しようかと思えるわけ。これをみんな今の人たちはやってないから。そういう修練を、勉強を。やってないからそんな風に嫌だとも思わない。思うぐらいやってない。でも私はやったっていうのがあるのよ。だから仕方がないし、ここに最後に持ってきたのも仕方がないわ。『円座』はそういうもんだ。これは魚目に習った時代のもので、これで卒業っていう感じゃん。

——なるほど。いい話ですね。

紀子：でもね、私ね、今これを思ったときに、好きな句、嫌いな句。私ね、句集ぜんぶ嫌いっていえば嫌いなの。つまり、発表したやつは終ったもので、自分の中では。だからそんなのすごくいいとかね、これは素晴らしいとかってね、思えないの（笑）。なんかもう、みんなしょーもない句だわあとか。終った句は。これから作る句のほうが面白いとかって思うの。

付記

俳句には自選自解という類の本があって、発表句の中から作者じしんが自信作を選んで解説を添える。好きな作家のものは興味ぶかい一冊となるが、自解に不満もある。第一に作句時の状況報告あるいは思い出話になりがちなこと。文章化するせいで生々しさが消えがちなのである。第二に、一冊の本としてのフォーマットを重視するため、自解の文章量がどの句も同じくらいに設定され、話に濃い薄いが出ること。第三に失敗作については語られないこと。そこで、インタビューという形式で主宰に自選自解をしていただきました。これなら、作句時の臨場感や作句過程も表に出やすいし、フォーマットに規制されず長短自在に語っていただける。インタビューに乗じて、「今から見ると嫌いな句」についてお伺いできたのもよかった。

思うに、われわれの主宰はちょいとサービス過剰である。しかし、「円座」のみんなが愛してやまないのもまたその過剰さなのだと思う。

インタビュアー／橋本小たか

3　好き・嫌い――『朱夏』

飴山先生の十年だわって思った

――今回からは第二句集『朱夏』についてです。第一句集同様に「今から見て好きな句、嫌いな句」を事前に十句ずつお選びいただきましたが、まずその前に第二句集の位置付けからお伺いしたいと思います。

紀子：第一句集を出したときに普通「第一句集です」とかって言わないんだ。そのあと続けて出すっていう保証は無いからね。特に年の人だったら絶対言わないんだけど、あのころはまだ私も若かったから、私の中ではその先があるだろうなあと思ってた。予感がしたから『円座』は第一句集ですって言ってた覚えがあるの。第一句集を出すまでに十年ぐらい。それは初学から始まって魚目先生に習った十年だったのよね。そのあとやっぱり十年近くなってこれを出したんだけど、次の十年っていうのは魚目先生から離れての十年だった。まだ自立ができないわけ。たった十年ではまだ自分というものはできない。だから自立はできないけど気分は離れてる。自立するための自分ひとりの歩みの十年だったと思ってたんだけど、読み返してみるとね、飴山先生の十年だわって思った。

――お、なるほど。

紀子：魚目の十年が終ったころに、飴山先生が長谷川櫂さんを教えるためにやってた京都句会っていうのがあって。二人ではできないから。で、その前にたぶん櫂さんは飴山先生に句稿を送って見てもらってたと思うんだ。でもやっぱり現実に会って直に指導してもらいたいと思ったんだと思うの。

で、ちょうど飴山先生が大学の教授で大阪に来てたから、櫂さんが大阪のほうへ出かけて行って直に句会をしてもらって「習う」ということを始めたんだと思う。で、二人ではできないから櫂さんが知ってた中田剛さんとか岩井英雅さんとか四五人誘って。大阪では何かおもしろくないからか知らないけど、京都とか滋賀の義仲寺とかそのへんでやってたらしんだわ。皆作ったものは持ってくるかもしれないけど、でもそういうとこでやるから吟行も半分は入ったような句会をやってて。それをたまたま「晨」の大会のときに剛さんにその話を聞いて、一緒にいた渡辺純枝さんが「私もやりたいわ」って言って。「じゃ、私も」とかって、無理矢理入れてもらったんだ。

――よかったですね（笑）。

二〇〇三年七月一五日刊

紀子：その京都句会っていうので、それまでは魚目先生の選しかなかったのが、飴山先生の選っていうのを受けられることになったっていうので。魚目先生と飴山先生っていうのは、そっくりではもちろんない。ない。ないけど結構なんか親交があったみたいで、「晨」を立ち上げるときに大峯あきらと宇佐美魚目と飴山實でやりたかったの、魚目先生はね。それですごく誘ったんだけど、飴山先生はやっぱりやめたって言ってやらなくなって。

でもその前から魚目先生は飴山先生をよく知ってて、良いと思ってた。認めてたって思う。向うは知らないよ、飴山先生のほうはどういう風に思ってたかはぜんぜん知らないけど。

だから魚目先生と飴山先生とがぜんぜん離れてたってことではないと思う。一緒に句会してみて、その俳句の価値観みたいなところでね、違和感とかはぜんぜん感じなかったの。ぜんぜん感じなかった。むしろ飴山先生のほうがするっとこう素直に入って来れてね、自分の中では。魚目先生のはちと訳が分んなくて。先生がなんに興味を持ってるのか、何がしたいのか、何を言いたいのかぜんぜん分らないんだけど、そのぶんなんか私、魚目のほうが芸術家とは思うけど。飴山先生のはすごい素直な写生句なのよ。すごく。「風」ってところでずーっとやってらしたからそこのたぶん価値観でやってたんじゃないかなあと思うの。だからぜんぜん違和感なくて。違和感はないけど、でもまたぜんぜん別の先生なもんだからこういう句が取られるとか、こういう句を評価するとかいうのは、さっぱり分んなかったの。ずいぶん長い間あの先生は一体何を良いとして取るんだろうなあっていうのが分んないよーっと思ってたの。だけど唯一分るのは飴山先生は櫂さんしか見てなかったっていうこと。それは唯一、分った。

――分った？

紀子：分った。櫂さんが出す句は多分あの先生はぜんぶ分ったと思う、名前なんか入ってなくて初めて見たとしても、ああこれは長谷川櫂の句だとかね。これはそれ以外の句だとか。

――（笑）

紀子：長谷川櫂の中で、良い句は「これはいいぞ」とか言って「これは駄目だ」って感じの句会だったように、私には思う。あの先生は無意識よ、もちろん。そんなことは考えてやってたわけじゃなくて、無意識でそうだったと思うの。でもそれは当然のことでね。だって会の成り立ちがそもそも長谷川櫂が飴山實に教えてもらいたいためにやった会なんだからね。私たちはその他大勢でその緩和剤じゃないけど（笑）、そういう位置付けだったから。

だけど飴山先生は大学の先生だったから、自由っていうかな。大学の先生がいちいち学生にね、差別しないでしょうが。あんたは一年生だからこうだとか、あんたは四年だからこうだなんて最初から思わない。すごい大

◀飴山實先生

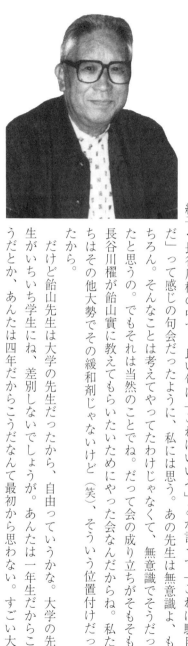

学の先生って自由な目で見てどの人も個人として見るでしょ？　それと一緒よ。京都句会はそういう感じで、飴山先生っていう人が自由な立場で自由な目線で俳句を見てくれてたから。だから櫂さんと二人だけの句会にしたって、居られた。私たちも居られた、そこに。

――ふむふむ。

紀子：あんたは櫂さんじゃないからこの句は取らないってことがないわけ。ぜんぜんない。だからすごくこの先生は素敵だなあって思ってね。魚目だって区別したわけではぜんぜんないんだけど、同じ自由なんだけど、ちょっと質が違うなって。魚目は大学のゼミの感じしなかったのね。やっぱり芸術家の感じね。先生の思い込みってのがすごくあって。これはいける、この道は駄目だとかね。そういうのがはっきりして。

飴山先生はそれはぜんぶ白紙の目で見てて、最初からそういうものはないわけ。この句は良いとかね。この句は自分が好きな句だから良いとか。そんなんじゃないの。できてた句ならいい。自分がほんと嫌だと思う点が無ければ良いっていう風だったわね。だからほんとにここ大学のゼミみたいだなあってずっと思ってた。

でもちょうど魚目を離れたくて、で、離れたってしょうもないとこに行ったってしょうがないわけや。今までのレベルより下のとこへ行ったって離れたっていうことにはならないやん、何にも。退化するだけや。だけどすごく運が良いことに今までのレベルと同程度、あるいはもしかしたら上かもしれない、でも下かもしれない、そこは分んないけど。でも明らかに下ではないっていうところへ行けたっていうのはね、すごーい私にとってはツいてたんだわね。最高にツいて。あそこに行けたっていうのは。こうやって長いこと俳句をやれた理由だと思うわ。例えば魚目のところだけだったら駄目だろうし、そこから下のところ行ってたら、もうぜんぜん駄目だろうと思うわ。一番最初は今も覚えているんだけど、「鶏小屋のなか明るくて雪解川」あれが一番最初に行ったときに特選に取ってもらった句なんだよ。覚えてるんだ。『円座』に入ってたと思うの。

——そうですね。

紀子：だからあの時に始まっていたんだ。だけどこの『朱夏』を見ると、あーこれ、あの時の飴山先生の句会の句だわとかね。それからもう一つ、インタビュー前のあなたからのお手紙で、鶴の句が多いとかって書いてあったでしょう？

——句集の途中に鶴で九句とか、桜で十五句とか、ありますね。

紀子：あれはなぜあんなふうにまとまってあるかと言うと、あれは櫂さんのおかげなのね。あの当時は気が付かなかったんだけど、あの当時は主宰とかね、そういうこと知らなかったから自分が。櫂さんが何をしてたかとか、分んなかったわけ。あの人は私から見たらそんな人の世話なんかするタイプじゃないし、「古志」を立ち上げたけど皆の指導とかねそんなことはしないで、ただ選句だけでね指導してた人だとずっと長いこと思ってたの。だけど今自分も主宰になってみると、あーそうじゃないんだわっていうのが分ったの。あるとき櫂さんがいろんな題を与えてね、これで五十句を作りなさいって言うの。

――五十句？

紀子：そう！ 言うの。みんなにやらしたのよ。その一番最初が私で、桜の題だったの。あと他にね椿とか白魚とかいろんな人にやらせてた。あー、こうやって育ててたんだっていうのがやっと分ったわけ、今ンなって。「円座」を始めてね。だから鶴もそうなの。二回目の題が鶴だったの。三回目の題が鯨だったんだけど。

――難しそうですね（笑）。

紀子：鯨を見に行った途端に、私、子宮がんが見つかって。もう鯨の句は一句も作れなかったんだわ。でも桜と鶴はがんばっていろいろ作ったから、残って。この中にもその五十句の中から好きな句を選んであるわけ。その最初の桜ってのがひどくて、ひどいって言うか自分ではすごくがんばって作ったつもりだったの。そうしたら「古志」に載るのよ。載せてくれるの。そしたら飴山先生がさあ、「あ、ぜんぜんたいしたことないなあ……」って、「エーッ」って言って（笑）。でもよく考えたら桜ってすごく難しい題なのよ。絵に描くのも、写真に撮るのも、俳句に詠むのも難しいもんなのよ。だからその五十句をそんな良い句作れてるはずないわけ。飴山先生が「おー良いなあ」っていうのが作れたら、もう私はそのときは作家だったたっていうことで。その京都句会に入って、思ったけど。この中で七八人いて、私一人が学生さんだわと思ったわけ。

――ん？　どういうことでしょう？

魚目を離れたことは無いのよ

紀子：飴山實先生の京都句会で私一人が学生さんだわと思ったわけ。つまりゼミだとしたら他の全員はみんな、修士、博士課程に行っている人たち。私だけが大学の四年生の学生だった。つまりそれくらいレベルが違ったと思ってた。皆はもう既に一家言っていうか自分の世界を持ってて。で、私は持ってなくて自分の世界を探してる。私一人がね。学生さんだと思ってたから、そりゃ桜は無理だ。

――たいへんなトライでしたね。

紀子：（一つの題で五十句作るという長谷川櫂さんからの指示によって）五十句作ったの。櫂さんは、何て言うかなあ、あの人は自分ができることはみんなもできる。ね？　できない人がいるっていうのをさぁ、思いつかないのよ（笑）。だからそうやって平気で桜なんていう題をさ、いわば初心者に出すのよ。

――先生だからできると思って振られたのでは？『俳句的生活』でも桜や松や

鯛、そういう大物を詠むのが得意なひとだと、先生を褒めていましたね？
紀子：まあ、自分ではそのときできる一杯一杯はやった。でも飴山先生は……「えー、それを言うかい」とかいう感じよね。

――鶴も難しいと思いますが。

紀子：鶴も難しいけど、でも鶴は鶴居村に行ったからね。現実見たからさ、なんとかかね写生句で、できた。桜なんて現実見たってなんにもできないよ、今でも作れないよ、桜なんか。で、だからそういうのがこの中に占めてるから、飴山先生の影響と、それから知らず知らずね……。

飴山先生は意識していたのよ。新しいね、魚目に代わる先生だって。私の中では意識があったから、なんとかこの先生のね、良いものを掴みたい。この先生が何をしてるか何を良いとするかを掴みたいと思ってさっぱり分んなかったけどずーっとついて。京都句会にずーっといた。最後までいた。

――句会の中では、飴山先生は櫂さんの句を……

紀子：必ず櫂さんの句をさ一句は特選に取るよ、必ず。取る、取る、取る。でも私はそういうこと興味が無いわけ。自分の句と飴山先生しか興味がないから。そんなのいくら取られてたってさ覚えてないの。だから無いと思ってた私は。長谷川櫂の影響は私には。だけどそうやって五十句っていうのを与えられて、やらしてもらって。で、こう残っていくってことはそういう面では長谷川櫂も「私を指導してくれた人なんだわ」っていうのは初めて分った。だから私は「古志」で二十年いたけどやっと今「あー、指導してもらったんだ」って思った。それが分った句集だわね。

――なるほど。

紀子：えっと今でもそうなんだけど地味な句集だと思ったのね私。『朱夏』ってのはすごく地味な句集だと思った。で、『円座』は何も知らないでバーって、ど素人で、ばーんって自分の好きなことやってて、で、魚目の力でね、魚目が良いというものを良いんだという風にしてやってきた句集で。なんて言うかなあ、おもしろかったと思うの。若かったしね。力……勢いがあったのね。『朱夏』はある程度沈静化してきてそれで迷ってる。要するに自分の行き場所を迷ってるときに迷っている過程の句を出しているわけだから、その、統一されてないしね、もちろん。あっち行ったりこっち行ったりあんな句が出たりこんな句が出たり。それで全体的にその代り技術的に二十年経ってきているから、かなりできてきている。思い付きとかそんなんじゃなくて地に足の着いた、その代り地味な、えーっとなんか底辺の句って言うのかなあ。これっとか思うような句があんまり無いような気がしてね。その『円座』に比べたら地味でさあ、えーっとか思って。何か陰に隠れそうな句集だなあとか思うわけ（笑）、自分で。今でもかなりそういう気があるのね。

でも、花神社の大久保さんが「『朱夏』のほうが、そりゃいいですよ」って言ったのね、あるとき。えーって思ったの。私にしたら『円座』のほうが良いと思ったわけ。だけど大久保さんは、あのころ花神社っていうのは詩とか俳句・短歌の本を出してるとこだから、あの人は見てるわけ、いっぱい。もうありとあらゆる句集を読んでいる人が「こっちのほうがやっぱり上ですよ」って言ったから、じゃあこっちのほうが上なんだあと思ってなんか驚いたのを覚えてるの。自分の中ではそういう感覚が無いわけ。そりゃ『円座』より熟練してるっていうのは思うけどね、でもなんかとげとげしたものは無い代りにそういうパーっと派手な勢いのね、あるものも無いんじゃなーいって思って。なんかつまんない句だなあって自分の中では思うわけ。

――具体的にここが良いと言ったことはおっしゃらなかった？

紀子：言ってくれなかった。だから分んないし、納得がいかなかったのよ。

――（笑）

紀子：だからその、例えば地に足の着いたような何とかがもしかしたら飴山先生の影響なのかなって思ってみたりね。魚目じゃなくて。飴山先生だったからそういう句が作れたのかなあと思って。ある意味ではこれも習作の句集なんだわって。自分が出来上がった後の句集ではなくてね。

――当時、魚目先生とは？

紀子：変わらず、ぜんぜん変わらず。魚目先生とは朝日カルチャーってとこに月二回行ってて、それと若手ばっかりの吟行句会を、先生を交えた指月会っていう吟行句会があって、それから個人的に句を見てもらうっていうのがあって、その四つで繋がってて。気分的には魚目から離れてんだけどそれはずーっと続けているから、魚目先生の影響を受けないはずは無いわけ。受けつつありながらでも気持はよそへ行ってる、っていう感じ。
一度も私は魚目を離れたことは無いのよ。離れたみたいに言ってるけど。

――そうですよね（笑）。

紀子：言ってるけど無いのよ。ずーっとなの。

――第二句集を出す報告はされたんですよね。

紀子：もちろんしたと思うけど、なんかよく分んない（笑）。どうだったんだろう。

――先生の頭がだいぶ飴山さんのほうに行ってた。

紀子：うーん、かもしれないわね。やりとりはずーっとあったと思うの。「古志」もあの先生見てたからね、贈呈されてて。あの先生が第一、櫂さんすごく買ってたから。ものすごく集中してみててその「古志」に載ってる私の作品も見てたはずなの。何かときどき言ってくれたと思うんだけど何にも覚えてないのよ。そう言えば「桜、難しいぞう」と言われたことは覚えてるわ。「そうですよねー」って言って。

――断片中の断片ですね。

紀子：でも、必死だったんだと思うよ。自分をとにかくテイセイしなきゃやって言うのが。

――テイセイ？

紀子：形成。自分を形成。自分を形成。そのためには何をするか。飴山先生だけじゃないわよね、いろんな所に行っててんだから。

――その間俳句以外の文学を作ったり読んだりという動きは？

紀子：私は本を読むのはすごく好きで、それも古典が好きでね、西洋も日本も。世界文学全集とかさあ、日本の古典……岩波の古典文学大系……とかさあ、ああいうのは端から。

――端から？

紀子：端から。もちろん端から。だけど『万葉集』とかよう読まんかったわね。それから平安の後はあんまり興味ない。江戸時代なんかも興味ないし。『平家物語』『方丈記』とかいうのもあんまり興味なかったわね、やっぱり平安時代。平安時代が妙に興味があって。あそこのはぜんぶ読んだよ。ぜーんぶ読んだ。『源氏』なんかさあ通読五回ぐらいしてる。あれは好きだったから。俳句の他には習いごとはしてない。

――誰かの訳は読まなかった？

紀子：誰かの訳はいっぺんも読んだことない。

――珍しいですね。

紀子：そんなの嫌だった。谷崎源氏とかなんとか源氏とか読みたくないと思ってた。それはちょっと原文で読まないと意味がないわと思ってたのよ。

――ぜんぶ原文で読むのは珍しい。

紀子：だって、すごくおもしろいんだもの。

――なるほど。で、好きな句と嫌いな句を十句ずつ選んでいただいたんですが、今回は嫌いな句から行ってみようと思います。

●嫌いな十句　『朱夏』より

下部温泉
埋み火のおほかた白し桜魚
赤き蜂来て谷の冷えはじまりし
飲食の顔に日あたる柿の枝
ゆくてよりうしろにまはる花吹雪
青すすき倉の中よりレール伸び
椅子の父秋の鷗のこゑの中
うに割るや波が波追ふ白きもの
こほろぎの出でては入るや棺の箱
蛇白くすすみ俤のごときもの
耳遠き人と話して秋の海

――十句中、六句目までが『朱夏』の最初の三七ページまでに固まっています。

前半にどかっと嫌いな句が集まった。一句目の「埋み火のおほかた白し桜魚」からなんですが、あの、何が嫌いなんですか？

ぜんぜん私が無い。ないないづくし

――「埋み火のおほかた白し桜魚」の何が嫌いなんですか？

紀子：そうそう、普通の俳句らしい俳句じゃん、これ、ね？「古志」の句会で出したら櫂さんが特選に取ってくれたのよ。でも私はさあ「いやあこんな句特選なのう」とかって思ったわけ。櫂さんの取るレベルが低いとか言うんじゃなくて櫂さんが好きそうだなあって思ったわけ。「桜魚」って季語が好きそうじゃない？　それからその埋火が大体白くなっててさ、なんか、きれいな美しい世界じゃない。で、「あー、こういう美しい世界がこの人は好きなんだ」とか思って。選者っていうのは自分の好きな世界のを特選に取るんだなあと思いながら冷めた目で、見てたからこの句自体もなんかそのイメージがあるから好きじゃない。

――飴山さんの句が持つ雰囲気はありますね。柔らかな。

紀子：柔らかねえ。櫂さんはそれで良かったのかもしれないわね。なんかちょっとひねくれてたわけよ。この句は私がたいして好きでもない世界だけどこの人には好きな世界だから、特選に取ったのは当然といや当然なんだけど

「そうたいしてうれしくないわ」っていう風に思ってたのよ。なんだかかわいくないけど。

――ちょっとした反抗期が……

紀子：もっとね、素直に喜びゃ良かったのよ。「特選に取ってもらった！」って。

――自分を形成しようとして揺れている所だから、素直に受け入れない。

紀子：そうそう、嫌なのよね。こういうのが私の良いところだなんて思ってもらっちゃ嫌だわっていうのがすごくあって。だからこの句に責任は無い（笑）。この句は悪いわけでもないし、責任があるわけでもないし。

――背景が……

紀子：背景が嫌だったのねえ。

――次は「赤き蜂来て谷の冷えはじまりし」。

紀子：「雲母」の若手の人たちの会があってね。月に何回か吟行へ行くんだわ。長野だか山梨かあっちのほうで。それに櫂さんが呼ばれたのよ。そんとき「古志」の編集長をしていた坂内文應さんっていうね、新潟のお坊様。その人と私を櫂さんが誘って、甲斐の国へ。でそのときの句会で確か保坂敏子さんがこれを特選で取ってくれたのよ。大勢いたのよ、二三十人いて。櫂さんはあの句を出して特選に取られてたわね。「夕顔のひらく雨畑硯かな」。私がバスの中で「やー、夕顔だわ」って言ったらさあ、櫂さんがそれを作ったの。何人か特選に取って。で後で見るとあーこれ良い句なんだわとか思って。「雨畑硯」と「夕顔」が衝撃されてあるのよ。バスの中から見たのは私で、私が見た「夕顔」なのに、すぐそういう風に作ってさあ、あら上手ねって思ったのを覚えてんの。櫂さんはそれが嬉しかったらしくてその後ずーっとね、「古志」のね「古志賞」とか何とかにね賞品に雨畑硯を出すの。それがその作家様ので何十万もするやつさ。私は選者だったからもらえなかったのね（笑）。あーわたし、それ欲しいのに、もらえなーい。選者はもらえないのよ。櫂さん一人で選句すりゃいいのにさあ。選者だったからもらえない。その覚えがあるのよ。櫂さんも雨畑硯にものすごく思い入れがあったんだと思うわ。で、この「赤き蜂……」の句を後で「古志」に出したのね。そしたら櫂さんが選評に取り上げたんだけどマイナスの選評で。「赤き蜂来て谷の冷えはじまりし」の句意がよく分らないから、この句はたいした句ではないんでないかという選評を書いてさ。「やあ、この人はこういうのが分らないんだわ」とか思ったわけ。これは魚目しか分らないんだわと思ったわけ。保坂敏子さんは分ったのね。その先に今度は、あ、これは魚目の句なんだわと思ったわけ。それだから私は一所懸命魚目から離れたいのに魚目の句ならこうやって上手にできるんだわ、だけどそれは他の人には分らないんだわっていうのがあって、すごく複雑な気持なの。だから句としてはこれすごく良い句だと私は思うの。だけど櫂さんなんかは分んないのよ、ここんとこの良さが（笑）。だからあの人にも分んないとこがあんのさ。

――『朱夏』を通して読むと結構、蜂が出てきますね。

紀子：私、蜂はそんなに好きでもないんだけど魚目が好きなの。「巣をあるく蜂のあしおと秋の昼」。なんかねえ、櫂さんもこれはすごく良いと言ってた。あの句は割合みんなにあれして、でもどこが良いか言えないよ、なかなか言えない。私の「蜂入りし蛍袋のうごきゐる」。これ、蜂あんまし関係ないわよね。それにたいした句じゃないよ、良い句じゃないわ、蛍袋に蜂が入ったって……「うごきゐる」の所は良いけどね。でも蜂はぜんぜん効いてないのね。現実に蜂が入ったかもしれないけど効いてない。こんなんぜんぜん駄目だわ。

——昆虫はあまり好きではない……？

紀子：女の人はそんなに虫に興味ないよ。花のほうが好き。

——けど蜂はよく出てくる。

紀子：完全に魚目。魚目が蜂が好きだから私も見てしまう。来たら見るわ。「あー、はーちー！」とかって見る、見る。蠅はあんまり魚目先生は好きじゃないから蠅が来てもそう見ないけど。蜂が来ると見るのよ。魚目のあの蜂の句があったなあとか思いながら見てるわけよ。

——先生自身が、思い入れがあるわけではなくて。

紀子：「南風や地すれすれに蜂いそぐ」なんていうね、「蜂いそぐ」なんて言い方はこれ魚目の言い方なのよ。でもやっぱり魚目でずーっとやってるから自然にこういう風に出てくるわけ。「蜂いそぐ」なんていう形でね。別に真似してるんじゃなくて自然に出るのよ。あーまた蜂が出るわ、またこういう風に言ってるわとかって思うからあんまり好きじゃないのよ。

――嫌いな句のなかに蜂が相当入って来てるところが微妙な……

紀子：これ魚目の句にしたっていいぐらいのレベルまで行ってんじゃないかなと思うぐらいなのよ。だからさあ、何か何となくね、逆に嫌なんだわ。嫌なの。自分が無いみたいで。

――次は「飲食の顔に日あたる柿の枝」です。

紀子：これもまったくね、その「飲食《おんじき》」っていう言い方がね、魚目なのよ。普通こんな言葉使わないじゃないの？「食べる」とかさ「何とかで箸動く」とかってやるじゃない。「飲食」って言葉はさあなんかちょっと漢文調でさあ、なんとなく漢文調を使う嫌みっぽいのがあって、でそれが魚目が好きでね、使うもんだからついなんか。

また「おんじき」って四文字で使いやすいの。「おんじきや」「おんじきの」とかってすごく使いやすいから。「飲み食ひの」とか「何食べて」とかってやると急にだらーっとしちゃうから。言いやすいもんだから詠むときにすぐ魚目のこれを借りてくるところがあるわけよ。これ安易に借りてきた。「飲食の顔に」なんて言い方がね。安易にこの魚目調を借りてきたっていうところがすごく嫌なのね。でしかもその何を言ってるかと言ったら、誰かが飲み食いしててその人の顔に日が当たってて後ろに柿の枝があるっていうね。そのシチュエーション自体が「顔に日あたる」のもまあこれ魚目調かなあと思うのよ。おまけに最後「柿の枝」って言ってさあ、もうここのこの句には私が無いと思うのよ。無いと思うの。その詠んでいる内容にも私は無い。自分の興味があることが無い。詠み方に私が無い。それから季語もねえ私が無いしねえ。ぜんぜん私が無い。無い。無い。無い。ないないづくしで。

で、何で作ったかというと魚目がよく作ってて魚目のレベルからするとこれは良い、良さそうな句だあとかって思うんじゃないかなあっていう風で作ったから嫌なのよ。すごく嫌なのよ。

——なるほど。

紀子：この、上の五七のあとに何の季語を持ってきても構わないわけよ。それこそ蝶とか蜂とか飛ばしても構わないしさあ。で柿っていうのを持ってきたっていうのもちょっと魚目っぽいんだよね。とにかくやっぱり魚目を感じさせるものを自分で作っちゃうと嫌なんだわ。この、特に第二句集では。第一句集は仕方がないし当然だと思うけど、第二句集でまでこれやるかあ！　とか思ってさあ。

――嫌いな句が前半に多いのもその辺が。

紀子：だから前半はまだ魚目の影響がすごく強く残ってて。どうしてもそういう風に作ってしまう。だからその中からできた句を選んで入れているんだけど、後から見ると嫌だわと。

――でも、当時は良いと。

紀子：上手にやったわ！　ここまでやれたんだわあ！　とか思うの。「赤き蜂」は今からみても良い句だと思うわよ。

――句は良いけど、句との関係が。

紀子：そうそう、句との関係ね。

――つぎは「ゆくてよりうしろにまはる花吹雪」です。

紀子：これ完璧に作ってもらったのよう。桜五十句を出すときに。考えてみると魚目に……先生にも相談したのよ。「魚目先生！　なんか櫂さんから桜五十句作れって言って来ましたけど」とか言って。で桜でいっぱい作って。百句ぐらい作って先生に見てもらったのよ。自分で選べないから。そしたら先生がこれに◯をして原句を忘れたけど◯をして。こうやって直してくれたのよ。そしたらいーい句になったのよ。だって「ゆくてよりうしろにまはる花吹雪」なんて言えないじゃないの。魚目が作ったの。でもなぜ作れたかって言ったら私の元の句があるから作れたのよう。今主宰やってるからよく分るんだけど、何にもない句をまるっと違うのには直せないのよ。元の句があってそこから何か感じるから、それを、あ、もっとここをこういう風にしたらすごく良い句になるとかいうのがすぐぱっと閃くのよ。こん時もそうだと思うの。私の句がなんかあって、魚目先生はそこに閃いたのよ。それで、ここは何か直したほうがいいと思って。

――具体的にはどの部分でしたか？

さあどうだ、何かありそうだろう！

――「ゆくてよりうしろにまはる花吹雪」のどの部分が魚目先生の直したところなのですか？

紀子：たぶん「うしろにまはる」だと思うのよ。そこを作ったんだと思う。「ゆくてより」はあったんだと思う。でもこんないい句じゃなかったのよ。たぶん句としてできてない句だったと思うわ。

「うしろにまはる」って返ってきたときにびっくり仰天よ。わーこれはすごい句だわとか言って頂いて句集にも入れたけど、これ、もらっていいんだろうか？

今でもたぶん私が直したらその人の句だからさあ。それはその人の句として出してぜんぜん何も感じないよ。「ちくしょう」とか「もったいない」とか、自分の句にすればよかったなんて思わないよ。たぶん魚目先生もそうだろうと思うのよ。でもここまで直してもらったらこれ私の句じゃないよねーって思うのよ。ほんとに一番根幹のところを直してもらってるもん。

――この句がなぜ嫌いな句に入ってるのか、謎だったんですよ。

紀子：これすごく良い句よ。風が後ろから吹いてて、行く手のほうに来てんのよ。自分が歩いていくときに今度はその風が向こうから来て、後ろに花吹雪が来てるって句じゃなあい？　これなんかすごくない？　何にも言ってないみたいなのに「ゆくてよりうしろにまはる」って言えないってば、絶対に言えないよ。

――今見るところのへんもまだ魚目力を使った句が。

紀子：句というものが強力なのよ。パワーが。どうしても離れられないのよ。先生だってそこまでパワーのある先生ってそういないんだってば。だから大変だったんだわ、そういう先生につくとさあ。やられちゃうのよ。もう完全にやられちゃうのよ。そっから抜け出て自分のものを作るなんてのはもう並大抵のことではない、できないことなのよ。

――次は「青すすき倉の中よりレール伸び」です。

紀子：これは指月会の吟行で作ったんだけど。まず第一にこういうものを詠もうなんていうのは私の中には無いわけよ。倉の中からレールが伸びてるっていうのをね。実際の吟行に行ったから見るわけね。倉の中にレールが引き込まれてるんだわ。でも言い方は「倉の中よりレール伸び」っていう感じで。で伸びた外側に青いすすきがあって。そういう景を描写した句なのよ。吟行で俳句を作るときはだいたい見たものを描写して作るのよ。最初からそんな中まで深く入れない。レールがあったわって、倉の中に入ってんだわって、それで作るわけよ。そんときに季語を考えるわけ、倉の中に伸びたレールに何が合うかしらって。青すすきが合うわって思ってつけて、吟行で出して。それで何で私がこの句をね入れようかしらんって思ったのかは今でも分んないんだわ。

――(笑)

紀子：まず第一に、倉の中から伸びてるレールっていうのを俳句に詠むのは私のやり方ではないのよ。たとえ見たとしてもそれを俳句に詠みたいとは思わないはずなの。そんなもの詠みたいと思わない。そうなのって終ることなの。なんで詠んだかっていうと周りにそういうのを詠む人がいたわけ。で同じ指月会っていう要するに連衆だわね、一緒に俳句をする連衆っていうのの影響力が無いわけじゃないわけ。一人でやれるものだったら一人で吟行すればいいのよ。そうでしょ？　だけど連衆がいて皆でいつもやってて。でこの人はこういうとこを見ておもしろいと思ってこういうのを作る。この人はこういうのをおもしろいと思って作るってね、そういうの見てるわけ。だから自分の句だけ見てるわけじゃなくてそん時に連衆の句を見てるわけ。自分だけだったら自分の持ってるものしかないから狭い句になって行き詰っちゃうかもしれないけど、あー、こういう視点もあるのかって。

それでこの句は私のではないけれどこの人だったらこういうところに目をつけて作るんじゃないかしらんっと思って、じゃ、ちょっとやってみようかと、私も。できるかどうか分んないけどやってみようかしらと思って作った句なの。そこそこできたたし、青すすきを持ってきたのも自分の季語のあしらいとしてじゃなくて誰かだったら青すすきを付けるんじゃないかなあというので付けた気がするの。だからできてるかしらんけどぜんぜん自分の句じゃなくて。なにも『朱夏』なんかに入れる必要ないじゃなーいっていうのね。今から思えば。なんてのかなあ、私らしいとか私の匂いのする句ばっかりだとさ、嫌んなっちゃうからたまにはこういうね、さっぱりした句も入ると良いかしらんって言って入れたのかもしれない。

――なぜ倉から伸びるレールに先生は興味が無いのでしょう?

紀子：要するに無機質のものね、倉の中から伸びるレールって命が無いでしょうが、魚目はどっちかって言うと命があるものの方が好きなのよ。だから命の無いものをおもしろいと思うね、そういう感覚ってどんなんだろうって言う風に思うところがあった。

――次は「椅子の父秋の鷗のこゑの中」です。前回も父が出てきた句が嫌いな句に入ってましたが（笑）。

紀子：そうでしょう？　「父からの手紙その夜の雪明り」ってやつよ。それと同じなんだこれ。

――やっぱりそうですか。

紀子：こんな鷗が鳴いているようなとこの廊下の椅子にお父さん座ってなかったし、ぜんぜん駄目なんだ、こんなの意味ない句。「椅子の父」とかっていうのが最初にできたんだと思うわ。ほんで鷗でも飛ばせばってね。秋だと寂しいところがあっていいじゃーんとかっていう感じ。その原形は「籐椅子と柳田國男全集と」ってね、父も本を読むのが好きで、あのころ柳田國男って流行ったのかもしれないいんだけど全集があったの。で父っていうと柳田國男全集で。籐椅子は無かったんだけど父親っていうとたいてい廊下の籐椅子に座ってなんかしてるイメージじゃん、だから籐椅子と父親ってのはセットかなって私の中では。セットになっているからいつもそういう風に作るんだ。

――（笑）

紀子：椅子の父がいてね、たぶん宿でね、物語としては。山陰の宿で、昔の宿は必ず椅子セットがあるじゃない、廊下に。そこへ座ってて、お父さんが。外は海で近くに海があって鷗がキャーキャーって鳴いてて、そこへただお父さんが座っているというもうシチュエーションがさあ、自分の中で作って。で簡単に。もうすごく楽に簡単に、色も付いてないしさあ、なんか努力も無いしさあ、するするするってやって、なんでこんなの入れたのだろうと思うのよ。こんなの入れなくていい句の一番の句よ。完全に没にするべき句なのよ。

――では次に。

紀子：「うに割るや波が波追ふ白きもの」、あーこれこれ、魚目なのよ、訳分んないだけど魚目だ。

――どのへんが？

紀子：まず「うに割る」ってとこがね。私、海胆割るの見たこと無いしさあ。海胆って殻ごと海からとってくるの？　それでおばさん達が円座に組んでガンガンって殻を割って中から海胆を取り出すんだよね。いかにも魚目がやりそうじゃない。この海胆のひらがなね、漢字で書くじゃん普通は。でも魚目だったらひらがなだようとか思って。で「うに割るや」なんてこれ季語だよ。こんな季語、私は絶対一生作らないのに何かどっかからひゅーと出てきたのよ。魚目の季語みたいに。で、じゃあこれ使おうとか思って。変った句を作ろうってこん時思ったんだと思うわ。いつものそんな椅子の父みたいなあんな定型の句じゃなくてさ。次の「波が波追ふ」ってとこが、わー、これも魚目調。「波が波追ふ」ってこんな、なんなの一体って。しかも最後に「白きもの」って。何にも分んないじゃないこれ！　海辺の中の工場の隅っこみたいな所でコンクリの所で近所のおばさんたちがアルバイトで集まってさあ、ほんで海胆割ってるわけよ。横はすぐ海でさあ、風が立ってて、波が波を生んだから結構強い風が吹いてて、波立ってんだよね。「白きもの」って何なのよ。白波だと思うのよ。

――ですよね（笑）。

紀子：白波以外ありえないのよ、ここで。その向うからまた白い波が来てさあ、その上をざんぶらこって越すのよね、たぶんそういう景だと思うの。そういう景だと思うけど、この訳の分らん「白きもの」とかいう言い方とかねえ、もう魚目なの、魚目！　で、「さあどうだ、分らんだろう！」とかってさあ、でも「何かありそうだろう！」っていう感じ。もう上から下まで徹頭徹尾、これ魚目。ちょっとなんかやってみようかと思ったのかもしれない。

――なるほど。

紀子：だからさあ、あんまり分りやすい句ってさ、その「椅子の父秋の鷗のこゑの中」みたいに百人が百人、景が浮かぶしさ、何か普通でさあ、それに比べればなんだろう？　とかってみんなが思うから。それがおもしろくってさあ。なんか勝手にいろんなことを考えてくれるだろうかと思うから入れたんだと思うわ。

――第一句集に比べてシュールな句が減ってますね。

紀子：ぜんぜん無い。だって飴山先生もシュールとぜんぜん関係ないし、櫂さんも関係ないし、シュールとね。魚目はシュールじゃないのよ、違うの。だからたぶんシュールが私のものなんだと思うわあ。だから第二句集には私のものが入ってないのよ。

――魚目先生から卒業した句集なんだけど、ちょいちょい顔を出して。

紀子：まるっと出ない方がおかしいわね、十年も二十年もやってて、しかも続いてんだからね。つぎの「こほろぎの出でては入るや榾の箱」も魚目が直した。どこが魚目かと言うと……

絶対あるよ、と思うのよ。この句には。

紀子：「こほろぎの出でては入るや榾の箱」も魚目が直した。どこが魚目かって言うと「出でては入る」ってとこと、「榾の箱」っていうのが魚目なの。ほとんどよね（笑）。見たのは魚目がしょっちゅう行ってる赤沢のね古ーい宿で囲炉裏があるの。魚目先生はそこでいつも俳句を作ってた。同じとこへ私たちも行って。ずいぶん後でよ。暗ーい部屋なのよ。板戸があって仏壇なんかもあって、この古い囲炉裏があって。そこの囲炉裏のとこへ座って、灰を喜んでこうやってね、遊んだりするわけ。魚目もしてた。だから魚目はこれを読んだとき、あーそこってすぐ分っただろうし。景も自分でも見てるんだと思うの。私が見た景は、囲炉裏の框のところに蟋蟀がいたのよ。蟋蟀があんまり嫌じゃなかったんだわ。写生で作ったのよ。「こほろぎやなんとか」って。でね、「榾の箱」ってのは魚目の言葉なのよ。えーっと「榾の箱」って何かしらん？

――（笑）

◀お嫁入り前の頃

紀子：囲炉裏にくべるために榾をそこらへんに置いとく箱だと思うの。でも私はその「榾の箱」っていう言葉は知らない。「榾」は使ってたと思う。それで「出でては入るや」ってところが、私はそんな風には詠めなかった。私が見たのは囲炉裏の框のとこに蟋蟀がいたっていうだけだったからね。でもこれは魚目が一番好きなテーマで。しかもしょっちゅう行って見てる場所で、この景は絶対あの先生は見たのよ。そいでさあ、直されたときに私は見てないから理解できないわけ。「榾の箱」もあんましよく知らないし。まあ、先生が直したんだし、良い句なんだろうって思って、そのまま頂いたとかいう感じなのよ。

――『朱夏』に収録の、今見ると嫌いな句。九つめの句は「蛇白くすすみ俤のごときもの」です。

紀子：これはね、だいぶんね、私のものになってきてる句なの。ね？　なってきてる句で。魚目でもないと思うのよ。ただしこれではなんかその時も思ったけど完成してないなあっていう感じね。その、言いたいことが。ほんでその言いたいことがじゃあ何なの？　って言われた時に、何って明確には言えないんだけど。そしたら、最近じゃないけどもあの『俳壇』に「方丈記」っていうのでね、十句。「円座」にも載せたけど、その中に「戦《そよ》ぐとは松籟にあり蛇にあり」って句があって。あ、ここで完成したなあと思ったわけ。

――なるほど。

紀子：この句はその、まだ中途の句だから、そんな好きじゃない。これ、でも、何となくそれらしい、なんとからしい感じはある。ねえ。でも明確じゃないでしょう。なんか、ぐにゃぐにゃっとしてるじゃない？　ちょっと何か感覚をそのまま生で言ってるみたいじゃない？　「俤のごときもの」って。そこんとこが完成してないと思うのに、でも「戦ぐ」ってやって「松籟」と「蛇」ってのを出したときに、あ、これでその何となく分りにくいぐにゃぐにゃしたものが、ものとして言えたの。ものとして言えた上に、中身も感覚も言えてるって言って、「あー、これで完成したんだわ」ってすごく思った。

——文体はもう今の先生に近いような。「飲食の顔に日あたる柿の枝」とは違う。

紀子：「飲食」とは違う。そう。

——ちょっとゆったりした……

紀子：だから、私のものの萌芽っていうかなあ。それが『朱夏』に出て来たんだわって思って。多分これが私のものとしてやっていきたいものだったんだろうと思う。

——一七四ページくらいになって（笑）。

紀子：そうそうそう。

——最後は「耳遠き人と話して秋の海」です。

紀子：句自体はこれ良い句だと私は思うのよ。「耳遠き人」って言うのは、汽車の中で現実に会って。向い側に座って。なんか爺様かなんかでさあ、それで窓の外には日本海じゃないけどさあ、秋の海があった。ね。で、この「耳遠き人」って言ったら魚目調といえば魚目調なの。こういう風に言わないじゃん、あんまり。「耳遠き人」って言う？　言わないよね。

——言わないですね。

紀子：それで「秋の海」っていう季語の付け方は自分ながら、これはうまい。これで句になったんじゃないかなって思うのよ。思うけどやっぱり魚目なのかなあと思ったりね。

——これもですか？

紀子：例えば櫂さんに分るかなあとか思うわけ。この句が良い句だなんて、人が分るかなあとか思うわけ。それは魚目の、このなんて言うかなあ、芸術的に深いっていうのかなあ、詩として深いっていうのかなあ、よく分らないけど、絶対あるよ、と思うのよ。この句には。

でもそれが人には分んないだろうなあとか思うところがあって。それでその「耳遠き人と話して」っていう所が、どうしてもここんとこまだ自分の文体で言えないっていうのが嫌だったの。これと「赤き蜂来て谷の冷えはじまりし」は句としては、私は良い句だったと思うよ。うん。分ってもらえないだろうけど。でもその「赤き蜂」を特選に取った人がいたんだから、あーすごいなと思うのよ。

——もう一月ですね。五月のインタビューからだいぶ日が経ちました。今日は『朱夏』の今から見て好きな句です。

●好きな十句　『朱夏』より

鳶は湖の子か山の子か白団扇
鳥の見る方を見てをり智恵詣
花冷や筏の上る隅田川
住吉の松の下こそ涼しけれ
別の鳥とび出して来るうめもどき
若布刈鎌をかざしてすすみけり
赤松のつめたき影を泳ぎけり
松風をちからと頼み巣立鳥
死の端が見えてをるなり青簾
母の齢まで生きたしや花の山

――では、「鳶は湖の子か山の子か白団扇」から。

紀子：うーん、これは一番最初に作ったわけじゃないんだけど、一番最初に持ってくるのに良さそうな句だなと思ってね、これを持ってきた。

白団扇っていうのが何か、だいたい題名が『朱夏』っていう句集だから夏の句から始まるのがいいかしらんとかいう感じで、多分これ持ってきたんだと思うんだ。ぜんぜん写生とかで作ったわけではなくて、どうやって作ったかよく覚えてないんだけど。

湖と山が出てきて鳶がピュッピュッと飛んでて、しかも「湖の子か山の子か」と言ってるから年寄りの鳶でもなくて若い鳶の感じがするから、なんか若々しいじゃない。真っ青な湖も見えてくるしねえ、緑の山も見えてきて、とにかく気持のいい句だなあと思ったのよ。下に「白団扇」と来ている。これは季語として付けたと思うのね。で、白っていう色が割と大切じゃないかなあと。ただの団扇だとこの気持のよさが出ないと思うのね。例えば「絵団扇」という季語があるけどそれでは駄目だと思うのね、ぐちゃぐちゃしちゃって。

でも、こういう付け方をどっかで見たのかもしれないなあと思うのね。こういう「白団扇」みたいなものの付け方を。それを付けるのにちょうどいい上の句だなっていうところで、ひゅって付いたんだと思う。

――「白団扇」のところが先生らしいですよね。

紀子：私らしいのか魚目らしいのか、そこのところがよく分らないんだけどね。

――屋外の季語を選びそうなものですが、手に持っているものに収斂させた。

紀子：ほら、最初の『円座』の時も「山かけて赤松つづく円座かな」というので、遠い外の景色を自分の今座っている円座に収斂させていると櫂さんか誰かが書いてくれた気がするけど、それとおんなじやり方だわね。じゃ、やっぱり私のやり方なのかもしれない。

――当時も良いと思ったし、今も……

紀子：なんていうかな新鮮さが消えない句だなあと思うの。二十年くらい経つと古臭いなあとか思うことが多いと思うんだけど、これは例えば今日作っても出せる句だなあと思うわ。逆に言えば、別にそっから深くとか変っていないのかなと。自分が。まだこのレベルじゃないかなと思うよ、今でも。

――話は変りますが、先生は最近、現代俳句協会で学んでらっしゃいますね。

紀子：あ、この話はしたかな。魚目先生は現俳協に最初から入っておられて。その現俳協に私も中村雅樹さんも入れてもらったのだ、魚目先生の推薦で。毎月『現代俳句』っていう冊子が送られてきて、それで入ったときに一年分、一万円を確か払う、入会金は別としてね。で、毎年一万円払ってた。ところが魚目先生はそういう会合でみんなでつるんで何とかするとかね、何とか理事になるとかね、東海地区は東海地区の集まりがあっていっぱいいろんなことをやってたんだけど、そういうところへ一切出ず、ただ現俳協の会員だっていうことだけでやってられたんだわ。先生がそうだからこっちも別に何にも出るとかいう気がなくて。誘われないし、誰にも。ただ一万円払って毎月雑誌が送られてくるだけだったの。その『現代俳句』っていう雑誌を見ると……

そこに私がいるんだと思い込んでた。

紀子：『現代俳句』という雑誌を見るとびっくりするような句が並んでて、訳が分んないのね。でも魚目先生が入ってらっしゃるから辞めるに辞めれないし、ずーっと入ってたの。そしたら「円座」を立ち上げたころに魚目先生も現俳協を辞めてしまわれたみたいだった。ほんで私は辞めるってほど別にないから、プロフィールに一行、現代俳句協会会員って書けるんだったらいいわと思って、毎年一万円払いつづけてた。

だけど、「円座」を始めて、待てよと思って。みんなの俳句を見るときにこんなのぜんぜん訳分んないよと言ってってはいかんのじゃないかと。そういう俳句もその中でどれがいいのか、どれが悪い句か、悪いというか大したことないのか、分るようにならないといけないんじゃないかと。

今までやってきたのは、どっちかっていうと吟行へ行って、自然を見て、まず最初はそれを写して。今考えるとね、おかしいんだわね。だって、こう庭を見て、南天が見えてるって言って、南天の赤麗しき朝日かなって、例えば作ったとするよ。今、思うとね、なんでそんなこと詠むのって。自然をただ見て、その南天がきれいだったというのをね、俳句に詠むってどういうことなのって今になって思うわけ。

——ほう。

紀子：自然を見て自然を詠んで、自然をそのまま詠んでるんだけど、その中に自分っていうものが入ってきて。いろんな景がある中でこれを選んだ時点で、そこにもう私がいると。何も私がどうのって言わなくても、南天がきれいだよって言うだけで、それは私をあらわしているんだ、と思ってた。なんの疑問も持たずに。

だから現俳協の俳句を見たときに、何なのこれはって思ったの。何が書いてあって、いったい何を言いたくて、何にこの人は感動したのかなって言うのがぜんぜん分んなかった。五年間、その現俳協の俳句をやって、はじめて今まで私が三十年やってきた俳句は、逆に何だったんだろうかって思う。少しは思う。でも現俳協的な句で、自分が分らないっていう句があってはいけないと思ったの。分って、なおかつこういう句の中だったらこれを取りますだとかねえ。言えなきゃ駄目だから、現俳協的な俳句を勉強しようと思ったわけ。

――先生の句づくりの中でも変ってきましたか？

紀子：ぜんぜん違うのよ。でもね、やっぱり三十年やってきたし、俳句作れと言われたときに、私、何にも無しに作れないし、家でも作れないのよ。吟行いかなきゃ作れないよ。だけど現俳協の人たちは年に一回吟行に行こうとかそんなレベルなんだよね。じゃ、どうやって作ってるんだろうと言うと、結構、うちで机の前で作ってる。

――なるほど。

紀子：逆に、ええっ、そういう作り方があるのって、私にしたら。いまだに私は吟行でしか作れないんだけど、そのうち、うちで作れるようになるのかなーって。

——家で作らなくてもいいんですけどね。

紀子：そうそう。吟行でただ見たものだけを言うんじゃなくて。最初からそうだったのよ。現俳協の俳句の作り方を知った上でも、やっぱりこういう作り方をするんだろうなと思うから。でももうちょっと自由に、今までだったらこんな句はやめとこうと思うのを、こんな時こそ出そうと思うようになったところが違ってきたなあと。だから「円座」に出した「こはごはと少女の私茸山」っていうのがあったじゃない。あんな句なんか今までにもできたかもしれないの、同じような句が。できたかもしれないけど、たぶん出さなかったと思うのよ。こんな句は俳句じゃないっていうか。何か出すほどの句じゃないとか思って。でも今になってみるとこういう句はおもしろいんだわと言って、無理に出そうとする。

——(笑)

紀子：誰も取らなくてもこの句は自分にとっては今はおもしろい句だから出すべき句だという風に選ぶようになってきた。二十年前『朱夏』の時代だったら、この句はできたかもしれないけど、出さなかったと思う。まわりにこういう句を取る人がいなかったということもあるけどね。現俳協に行ってこの句出しても、別にみんな取らないかもしれないけど、でもいいわ、自分の句だから出すわっていう風になってきた。だから広がったことは広がった。深まったかどうかは分らないけど。

――次は「鳥の見る方を見てをり智恵詣」です。

紀子：智恵詣っていうのは十三参りなの。嵐山の渡月橋を渡って、十三になった子が向うのお寺へお参りするとなんかいいとかいうの。それでうちの一人娘が十三参りをやったの。

これはねえ、飴山先生との京都句会での俳句なんだ。嵐山へ行ったからその智恵詣が出てきたんじゃないかなと思うんだわ。あそこへ行って、橋を見て思い出して、娘が着物を着てここを渡ったんだわって言って。

それでその句を作ろうとしたときに智恵詣から作るのは難しい、と思ったの。そういういろんな思い出を句にするのは。で、そうじゃなくてふっと見たら鳥がいたのよ。鳥がいた。それだけなんだわ。鳥がいたときにすぐできたんだわ。「鳥の見る方を見てをり」というのはね。どこかそこらにね、止まってて、そっぽを向いてるわけよ。向うを。鳥が見ているから鳥は一体何を見てるんだろうと思いながら見てるって感じで。自分っていうものがふわふわ消えちゃって、もうなんか鳥のいうままに鳥があっちを見たらあっち向くし、こっち向いたらこっち向くというぐらいまで、自分っていうのがふわふわしてる感じがおもしろいだろうなって思ったのよ。そしたら、飴山先生が特選で取ってくれたの。だから、じゃあ、これはいい句なんだと思ったの。先生が取ってくれると、これはいい句なんだというところがあって、自分だけではやっぱり最後の最後は、いいんだか悪いんだかよく分らない。

それでいつも思うのが魚目先生なんだけど、魚目先生が句集を出すときに、自分の友達をね、三人ぐらい集めて、その友達は俳句をしてない人なのよ。俳句をしてないけど、先生の友達だから美術とかなんかいろんなものに関心があって、わかる人たちなのね。そういう人たちを必ず集めて、今まで自分が作った句をざーっと見せて、その人らに一晩かかってね、どこか泊らせてさあ、飲ませたり食べさせたりしながら選ばすわけ。

——そうだったんですね。

紀子：自分の句集を、ぜんぶそうやって、あの先生さ、作ってきてたのよ。それは自分では自分の句が分らないからって言うわけ。全部いいふうに見えて、捨てられないっていうのよ、自分の句を。だからその友達がこれ駄目って言うと、待ってくれ、待ってくれと言いながら、すごくいいんだとか、さんざんいっぱい言うんだけど、何のかんの言いながら、それでも選んでもらってたっていうの。あの先生の口癖は自分の句は分らんというので、この句も飴山先生に特選で取ってもらった時点で、ああ、これは大丈夫なんだって思ったわけ。

——では次の句「花冷や筏の上る隅田川」です。

紀子：これは古志の句会をよくあそこでやってたんだわ。隅田川の芭蕉庵のあるところ。筏なんかなかったと思うよ。船はあったけど。でも三六五日のうち一日ぐらいは筏がいるんじゃないかしらんと思って。これは俳句らしい句だと思うのよ。でも現俳協の人たちにこの句を出したらどうだろうかしらって今になって思うわけ。その人たちはどこがおもしろいのって。「花冷や筏の上る隅田川」の、どこがおもしろいのっていうふうになるんじゃないかって。

ていうのが、この間、現俳協バリバリの句会で、「秋遍路竹のそよぎの中を行く」とかいう句を出した。自分では「花冷や」と同じタイプの句だと思って、いい句だなと思ったわけ。そしたらさあ、もちろん誰も取らないうえに、誰かその中の一人のおっちゃんが、何がおもしろいんですこの句は、って言ったんだわ。私が逆に現俳協の句がぜんぜん分らなかったと同じように向うの人たちはこういう句がいいっていうのも分らないし、同じことを詠んだ中でも、これはいい句、これはちょっと下手とかいうのも分らないっていうのが、はっきり分ったのよ。

——なるほど。

紀子：でも、私は今はそういう風なとこに行ってるけど、でもこういう句は嫌いじゃないのよ、いまだに。秋遍路が竹藪のなかを通って行くのも嫌じゃないのよ。自分の句として出したい。だから今は分裂した後のようなのよ。こういうのをぜんぜん分らない人たちもいるんだなってことが、最近分ったなあという感じ、すごく不思議な感じがする。

——今、生きている自分を呈示することが一番……

紀子：だけどね、現俳協の俳句をやると同時に、去年から連句も始めたのね。そうしたらさ、連句がまた駄目なの、自分を出したら。新しそうな句とかね、がんばった句とかね、何かを出すと必ずハネられるのよね。途中からはちょっと変ったもんでもいいんだけど、でもなるべくなだらかに付けてくださいとかって言われるの。武藤紀子が詠む句はいらないの。一巻を巻くというのはそういうことなので、そこで何か独自性を出してはいけない。

現俳協に行くと独自性の無い句は句ではない。今までやってきたのは写生の中から自然ににじみ出る独自性を出す。わあ、自分は何をやったらいいかしらんとか思って、何がいい句なのかってのがさっぱり分んないわよ。

だから、自分なりの句を作んなきゃいけない、型にはまったものを作ってではいけないっていう考えも、それはそれで一定のものに縛られてるんじゃないかなと私は思う。自分なんかは大して無いくせに自分を出そうとして、かなり無理をしてやってんじゃないかな。

俳句甲子園なんかで見ると……

これで良かった、ラッキー。

紀子：これが自分だっていうアピール、どんだけアピールできたかで、勝ち、とか負け、とか決っていく世界にしちゃってて。俳句甲子園なんかでみると、自分は予選の選者をしてたこともあるからそんなこと言ったらいけないんだけど、すごくそれを感じるわね。勝ち負けを決めるということで、俳句に対して。

じゃ何が勝ちなのかって言ったときに、例えば、連句のやり方でやってたら、いつも負けているはずなのよ。全部負けるはずだわね。

――そうですね。

紀子：だからほんとにそれを思うと、俳句って何かしらんというところまで来るよ。それが三十年も経って微かに分るぐらいなのに、始めて三年やら五年やら長くて十年の人がそんな偉そうなことを言っていいのかしらって思うよ。

――今の高校生はどんなふうな句を詠んで来ますか？

紀子：例えばほうれん草という題が出たとたんに彼らはまずパソコンでほうれん草を検索するのよ。だから私たちが吟行で作るみたいに彼らはパソコンで作るのよ、俳句を。ほうれん草は見ないで。

――その作り方、先生自身はどう思われますか？

紀子：それはその時代時代の作り方だからさ。別に絶対ほうれん草を見てみろとかね、ほうれん草を見てから自分で感じたことを俳句にするんだとかさあ、そんなことは言うことではないじゃない。

――主宰によって意見が分かれそうなところですね。

紀子：そうそう、分かれそうなとこ。でもそれはそれでいいと思うよ。ただ、みんながそういう感じになっているんじゃないかなと思うよ、実物を見ない、実物を見ない。だから、できた句がおかしな句になっていることもあるのよね。

――読者も下の世代になると、実物を見ていなかったり……

紀子：むしろ実物を見て詠んだらかえって分んないよう、とか。

――なってきそうですね。なってるかもしれない。

紀子：それはその時代の人なんだからしょうがないじゃない。例えば農作業の句や季語がいっぱいあるでしょう。お米作りから、何から。分んないもの。私、お米作ったことないからさあ。以前に、なんか苗を持ってきてっていうのを私見たことがあって、田植えするときに苗を持ってんのよ。その苗がすごくきれいでね、玉苗の何とかかんとかって詠んだの。自分では写生で、上手に詠んだと思ったら、あるおばちゃんが、私より二十上のおばちゃんが、そんな句はね、今まで山のようにあるよって言うわけ。みんな知ってるって言うの。でも私は初めて見たんだと言ってね。それと一緒で、今の若い人にものを見て作れと言っても、もの自体がなかったらね。

だから、俳句って何だろうとか。今自分がそうやって今までの私と、現俳協の私と、連歌の私と三つに分裂しているもんだから、訳分んないわ。

――つぎの句です。「住吉の松の下こそ涼しけれ」。これはみんな結構知っている句ですね。

紀子：角川の俳句の歳時記のチラシみたいなのに書いてくれたから、耀さんが。だから私の代表句のようになってんの。これも飴山先生との吟行で、桑名の吟行なの。桑名に住吉神社っていうちいちゃな神社があるのよ。熱田から桑名まで東海道は船で行くの、七里はね、必ず。陸路は通らないの五十三次は。なぜそこに行くかというと、そこには泉鏡花の『歌行燈』で舞台になった船津屋さんというのがあるの。大きな料亭でね、そこのすぐ横なのよ、七里の渡し跡は。だから必ず桑名へ行った人は、そこへ行くの、俳句の人は。それで七里の渡し跡には鳥居が立ってて、向こうの伊勢神宮を遥拝するような感じなのね。そのそばに住吉神社があるんだけど、すっごい小っちゃいの。住吉さんっていうのは大阪に総本社があって、そこは立派なんだわ。昔は海のそばだったので『源氏物語』にも出てきてね、だいたいが明石の上は住吉さんにお願いして出世したんだよ。

――そうでしたっけ。

紀子：そこへ飴山先生たちと吟行へ行って、何でもないちっちゃなとこなんだけど、なんか昔から住吉さんって好きだったのよ。それでなんか俳句を作んなきゃというので、ちっちゃな松が生えてたんだ。だから「住吉の松の下こそ涼しけれ」って、もうすぐ、ぱっとできて。この句を飴山先生が特選に取ってくれたの。その時誰かが、この句が出たときに、あら負けたわと思ったって言うのよ。鳥居とかごちゃごちゃしたこと何も書いてなくて、ただ住吉の松の下だけで書いたから、すごくすっきりしていいわって言われた。すごく俳句的に削ってあって、無理に削ったんじゃないんだけど、するっとできたんだけど、いい句なんだろうなと思った。

——すごく言ってないですよね。

紀子：何も言ってないの。本当に。涼しいっていうだけなんだ。

——ところで「鯛落ちて美しかりし島の松」は好きな十句に入ってませんね。

紀子：あれ？　ここになかったんだ。あれも入れてよかった。落ち鯛で作って、松も入れようと思ってできたのが「鯛落ちて美しかりし島の松」。まず落ち鯛では四文字で季語になりにくい。鯛落ちてだと五文字だから下の方でも上の方でも、どっちでも持って来られる。まあ、上だわね、どっちか言うと。下だとまだその先に続きそうだからさ。で、島の松があって、鯛落ちてがあって、間に何か言葉を作るんだけど、何とかの島の松。何とかっていうのを思いつかなくて、きれいだというのしか思いつかないから、美しいでは言葉が足りないから、何気なく「美しかりし」にしたわけ。後で思うとそれって過去のことや。美しかりしっていうのはね。

——そうですね。

紀子：だから、ああ島の松が美しかったんだなあっていうふうな詠嘆の感じが出るので、これで良かった、ラッキーとか。

――(笑)

紀子：この言葉を思ってラッキーと思ったの。美しいって字は俳句では使っちゃいけないって、ずーっと教えられてきたの。何かを写生することによって、その美しさが自然と人に分るように言わなきゃいけないのであって、美しい南天なんて言っては、もうこれは俳句ではありませんって。「美しかりし島の松」だったらその美しいという言葉がぜんぜん傷にならなくて、使えたって思った。それはだから技術っていうかな、二十年の技術で、できたんだなあと思ったのよ。そこんところは。落ち鯛と島の松とがあったときにそれを一句に仕立てる技術は、十年、二十年で作り上げられるんだ。

――割とそういう単語二つが最初に決まっていて、その間を埋めるというやり方が多い感じですね。

紀子：そうそう多い。

――例えば「堅雪を踏み公魚を釣りにゆく」なら「堅雪」と「公魚」にテンションがかかって、あとはすーっと流す。「柚子採ると白瀬づたひに山に入る」なら「柚子」と「白瀬」。

紀子：だから句として出来上がらないのよね。句帳にもいつも単語が書いてある。だから櫂さんを見ると、だーっと書いてるわけ。言葉で。こうやって一句にしてぜんぶ書いているんだと思うわけね。すごいなあって思う。私はぜんぜんいい句にならないの。吟行へ行っても。

——単語は、ある。

紀子：単語はあるのね。それで作り上げるのね。

——では、次の句「別の鳥とび出して来るうめもどき」。

紀子：これは、見た景は、どっかから鳥がバタバタと出て来たというだけなんだ。梅擬じゃなかったと思うのよ。何か藪みたいなとこだったと思う。梅擬っていうのはよく分んないんだけど、自分でも（笑）。

ほんでこれは川崎展宏が特選取ってくれたの。

神楽坂で川崎先生の「貂」の句会をやってはってん。その前に、赤塚さんという角川の「俳句」の編集長をやっていたおっちゃんがいて、なんか知らないけどそのおっちゃんと知り合いになって、赤塚さんが鈴木真砂女さんと川崎展宏さんとを紹介してくれたのよ、別々のときに。それで真砂女さんの「卯波」、あそこへも連れてってくれたの。

——句集にも卯波の句、ありましたね。

紀子：十句ぐらいあったと思う。それで川崎展宏は国分寺っていうとこにたぶん住んではって、それで赤塚さんがいっぺん会わせてあげるって言ってくれて。魚目先生が川崎展宏を大好きで、友達みたいに好きな先生だったから、いやあ、会いたい、会いたいっと言ったら会わしてくれたのよ。川崎展宏にもなんかうまいこと言って、武藤さんという美人が櫂さんのとこにいてと言って、嘘ばっかり言ってさあ。それで展宏先生もじゃあいっぺん会ってもいいよって。で、赤塚さんと三人で、夜、ご飯をご馳走になって。しゃべっている内に、耀さんが「貂」の句会へ何度か来たという話になって。えー、あたしも先生のその句会に行きたいですわとかって言ったら……

癌ってなかなか俳句にならないよね。

紀子：展宏先生に、あたしも先生のその句会に行きたいですわとかって言ったら、まあ、じゃあ、いいですよって言ってくれて、その「貂」の句会に行けることになったわけ。

名古屋から行ったんだわ、合計五、六回ぐらいは行ったと思うのよ、毎月一回ずつ。それで三句ぐらい持っていくんだったかな確か。作って持っていって、五十人ぐらいいてさ、大変なのよ。川崎展宏の句だからさ、割合先生の句は変ってるのよ。みんなのは割合普通の句なのよ。その時の第一回目に持ってったのよ、この句をね。何かこの辺だったら良さそうとか思って。だいたい選者を見ないとねえ、とても取ってくれそうじゃない句を持っていってもしょうがないじゃない。よくは分んなかったけれど、持っていったの。そしたらこれを特選に取ってくれたのよ。だから何でも特選に取ってもらうといい句になるのよ。好きな句にさあ。だって誰も取ってくれなかったらさあ、いかに自分が好きな句だ、好きな句だと言ってもあれじゃない。

──まあ、そうですね。

紀子：こういう句ってのは、さっきの「鳥の見る方を見てをり智恵詣」と同じようなタイプの句よね。別に何でもない景なのよ。何でもない景だけど俳句になるっていうのを摑まえることが私はできたんだわって。一週間に何度でも見る景、庭でも外でも歩いてても。でもそれを別の鳥が飛び出してくるというふうにするっていうのは、なんかふっと出るのよ。「別の」っていうのだってさ、頭で考えたら出ないよ、こんな言葉。だからあとは季語だけよ。二句一章が得意で、それは魚目先生のおかげなんだと思う。五七までできたら、あとは最高の季語をつけられる自信があるのよ。三十年やった。でも今の俳句は割とそういうのではなくて、付けるっていうのは少ないと思うよ。むしろみんな自分らしさを出した一句一章というのかな、ずるずるずるとなったような句がすごく多いし、途中で切ってこの季語付けて、なんでこの季語が急に出てくんのって言われるぐらいじゃないかな。俳句のやり方としては、大きな二つのやり方、一句一章と二物衝撃とそれのうちの一つだから、このやり方では自信があるっていう感じ。

──次は「若布刈鎌をかざしてすすみけり」です。

紀子：これこそ写生だと思ったわよ、私。だからそんなにすごい句だとは思わないわけ。普通の句だと思うの、写生の。そしたらそれからずいぶん経って、もう二十年ぐらい経っているよね、現俳協の全国大会みたいなのが名古屋であって、宮坂静生先生に挨拶に行ったんだわ。そうしたら先生が私を「古志」の人だと思ってて、櫂さんのお弟子さんで現俳協に入るのは珍しいなと思ってました、と言われたので、実は櫂さんのお弟子さんではなくて、宇佐美魚目先生の弟子なんですと言ったら、魚目はよーく知っていて、あー、そういうわけなんですかって言って、分ってくれて。それで、それからしばらくしたら「NHK俳句」という雑誌が届いて、そこへその先生がこの句を載せてくれたわけ。グラビアに一句。グラビアに載せてくれようと思ったのもすごいけど、どうやってこの句を選んだんだろうと思ったの、私。だって私があんまりよく知らない人の俳句を一句、あの人の句いい句だから出そうと思っても、選べない。その人から句集をたとえもらったとしても。どうやって選んだんだろうと思ってね、不思議でしょうがないんだわ。でも間違いなく私の句だし、それが素晴らしい一ページ、グラビアで一句載っているのよ。もう感激しちゃってさあ。たちまちこれはいい句になった。

――(笑)。では次は「赤松のつめたき影を泳ぎけり」です。

紀子：松だね。松から始まったんだわ。松でいつでも俳句を作ろうと思って。どっかの川なのよ。川に松があって、生えているのだけで作ったんだ。泳ぐっていうのが季語なのにさあ、「赤松のつめたき影」だから、海でも岸壁のとこかなあって思うかもしれないけど、これはできたと思った。何でもない句なのに、すごく好きな句。

――松で、冷たさで、という部分も先生らしい。

紀子：そうなのかな。私らしいのかもしれないね。でも赤松の赤という字が今見るとさあ、冷たいというのを消しているようなとこがあるかも。黒松でも駄目、変だしねえ。これは永遠に残るって気がするわ、こういう句って。何だか地味だけど。

――次からの三句は死や生に関わるものが並ぶ印象です。まず「松風をちからと頼み巣立鳥」。このインタビューで一度出ました。飴山先生への追悼句……

紀子：これを作ったときは飴山先生はまだ生きてはって、吟行で作ったのよね。そのあと飴山先生が亡くなって、亡くなったときに俳句を作らなきゃと思って、そのときにこれはここへ入れられると思ったの。先生がいなくなってもがんばって俳句で自立していくんだわっていう風に言えるなと思った。だから後からそれを付託して、そこへ入れた句。作ったときは写生句。

――つぎの「死の端が見えてをるなり青簾」には前書がありますね。「子宮癌の手術後、半年間、抗癌剤治療のため入院生活を送る」と。

紀子：これは稔典先生が特選に取ってくれた。稔典先生がなんで特選に取ってくれたかというと、ある時、「古志」からだったと思うけど、松山の「ＮＨＫ俳句」という番組があって、そこへ誰か派遣してくれっていうのが来て、私にって櫂さんから言われて、飛行機で行ったんだわ、松山まで。そしたらその時の先生が稔典先生だったの。私とかほかのおばちゃんとか五、六人来てて、句会をして、それをテレビで映したの。

これを作ったのは子宮がんの手術をしてから半年。そうだ。割合すぐだったんだ、病院を出てから。

抗がん剤治療で入院生活を送って。その時に、昔の俳人は肺結核にみんなよくなってて、それですごく波郷みたいにいっぱい俳句を作って、残してたと。だけど肺結核は俳句になるけど、癌ってなかなかならないよねって思った覚えがあるのよ。癌の俳句ってよくあるけど、「おい癌め酌みかはさうぜ秋の酒」（江國滋）ぐらいしか覚えてなくって。

入院してるわけじゃない。子宮とって。入院して、その後、抗がん剤治療っていって一月に一週間ずつくらい入院して、抗がん剤を打つのよ。それを六クールやるのよ。だから六回入院したわけよ。まあ、暇なわけよ。おなか切ったんだけど、おなか切ってもその後すぐくっついて、痛くもなんともないしね。抗がん剤治療はちょっと嫌だったけど、一日二十四時間点滴があって、あとは点滴がちょっとあるだけだから、暇なのよ。だけど結核じゃないから俳句はできないわとか思って、せっかくがんになったのに俳句もできないんだわとか自分で思うわけね。せっかくがんになったのに俳句もできないんだわとか思って、一句ぐらい何かさあ、もし転移してたら、これで死んじゃうわけだから。死んじゃう前に一句ぐらいは何か俳句を作りたいわって、かすかに思ってたんだ。だけどぜんぜん作れなくて、まあ、作ろうともしなかったんだけど。句帳も何も持ってきてなかったし。

その間は、俳句のことなんか忘れていて、そうそうこういう時に読まなきゃと言って、『源氏物語』は一回ぐらいは読んでいたんだけどもう一回読もうと思って、それから『失われた時を求めて』、何度挑戦しても読めなくて、イライラしてたの。あれを読まなきゃと思ったわけ。で、読めたんだわ。源氏とあれを読んだだけで、まあいいわと言って。俳句はぜんぜんだったの。だけど一句ぐらい何かないかしらーと思ったときに、ふっと、ふっと、なんでこれ思いついたんだろう。簾が動いてないんだよ。病院には簾なんかなかったから。簾が動いたら、風で。こういうふうに。何か見えるんかしらとかいうのを思ったの。ふっと。それで簾が動いた時に見えるのは何かなって思ったときに、今の状況だったら、死とか、自分が死んだ後とかさあ、なんかが見えるんじゃないかなーって思ったのよ。思った。何も見ないの。簾も見ないし。ただそういう景が浮かんだんだね。これで一句できるわって思って、この形にうまいことした覚えがあるのよ。

――なるほど。

紀子：これがありゃいいわと思って。病気を記念した一句があって。それでそのあと松山に行ったの。それこそ持っていかなきゃなんないわけ、句を二句か三句。でこれを持っていったのよ。そしたら稔典先生だけが取ってくれて、特選だったのよ。だいたい死っていう言葉なんかそう簡単には使えないよね、俳句として。そんな言葉を使って、ぜんぜん関係ないことで死の端なんていった俳句は作れないやん。何ていうかな、作った俳句では。だからこれはやっぱりそこを経験した人だろうというのは分るよね。だからこれは重い句だって先生も感じて、はっきり景は分らないけども、取らなきゃと思って取ったんだと思うよ。

——珍しく前書有りですね。

紀子：句集にするとき、ただ載せただけではさっぱり訳分んないじゃない。この死の句だけが突然に一句入っていたら。だから前書を書けばみんなは納得して、そうだったんだわ、癌だったんだわこの人って、それなら分るわと思ってくれると思って書いたんだけど、本当は無いほうがいいのよ。句の重さとしては無いほうが。でもすごーく異常じゃない、一句だけこんなのが入っていたら。ほかにもたくさんそういう句があればね、闘病生活の句とかさあ、あれば入れるけど。一句しかできなかったんだから。蛇足だわ、あれは、本当に。

強さが弱い。

——それでは最後の句「母の齢まで生きたしや花の山」です。

紀子：まだ「古志」で、あそこ花の句を作れとか月の句を作れとかいって、同人の人のは全部載せますよっていうの。でも私面倒くさいから作ったことなかったのよ。よっぽどいい句じゃなかったらそんなとこに載せるの嫌だと思って。でも花の一句を作ってくださいとかいうのが来て、そのときにたまたまこれを思ってたわけ。

――なるほど。

紀子∶自分は女系家族なのよ。私と妹でしょ。娘が一人。お母さんも女三人姉妹。男の子がいないの。女系なんだわ。それでみんなね、癌になるのよ。それが、子宮癌じゃなくて、肝臓癌なの。おばあちゃんとお母さんとおばさん二人と、四人が肝硬変で死んでいるの。みんな肝臓癌なのよ。おばさんなんか四十九とかさ、おばあちゃんは六十二、うちの母が一番長生きで七十だった。

――まだ若いですね。

紀子∶私にすれば七十なんてあと三年後よ。それでみーんな肝臓が悪いわけ。C型肝炎だかB型肝炎だか、ウイルスを持ってんじゃないか。女系でうつるのよ、ウイルスは。出産のときに子供にもうそれがいくのよ。それでと思うくらいに、みんな全員が肝硬変で死んでいる。だからなんとなく昔から長生きはできないわって思ってたわけ。うちの母が七十だから、七十ぐらいまでは生きられるだろうと。そこから先は分らないわとずっと思ってた。今でも思ってんのよ。今はみんな八十九十はざらで、七十代の人たちだって死ぬとは誰一人思ってないわけ。でも私は六十六だけど、もう思ってるのよ。これを作ったとき、もうすでに思ってたわけ。もう早く死ぬんだわと。

こないだ眞鍋倭文子さんの『持ち時間』という句集のお祝いの会をやったの。そのときに皆が言うの、「先生はねぇ、『円座』ができたころに、私はあと三年しか生きてないから、句集を出すつもりがあったら早く出しなさいよ」って言ってたって言うのね。そんなこと言ったたって覚えてないけど。だけどこういうふうに考えてたわけ。今も、もうあと三年で七十だから、そのぐらいで死ぬかなあって思ってるわけ。

それで花っていう季語のときにそれを思っていたから、これなら俳句になるわねえとか思ったの覚えてる。そんなに苦労しないで「母の齢まで生きたしや」って、そのまんまの気持を言って、花で季語は付けようと思って。すぐぱっと花なら「花の山」だわと思ったわけ。これは口で言えないのよ。何でもあるよ。花篝とかさあ、花筏とかさあ、いっぱいあるけど、この句は「花の山」だわというのがすーっと来て、それ以外ないわって、すぐできた句なのね。簡単にできたから今回ぐらいは出しとこうと思って、「古志」の花のあれに出した覚えがあるの。今でも思ってることだから、これは好きな句なのよ。

――読み方は「よわい」？ 「とし」？

紀子：「よわい」と読みたいんだけど。でもどっちでもいいやと。勝手に読んでくれていいよって。だから読み仮名をつけない。好きなように読んでくれたらいい。でも自分は「よわい」。

――最後に質問。『朱夏』は索引がとても充実していますね？

◀青山学院高等部一年
その後父親の転勤に伴って
京都同志社高校へ転校

紀子：花神社の大久保さんがこういう方針なの。あとで自分の何かの句を調べるときに、これがあるとすごく便利だから、普通の索引のほかに季題別索引を作りましょうって言って。花神社から出している本は割合これがあるの。だから便利は便利だよね。例えば魚目先生なんかの句を調べるときに、こういうのがあったらすごく便利。ページ数が出ているから。

――そこから見えてくることもある。

紀子：そうそう、例えば魚目先生だと冬の季語がわあーってあって、あとほかにあんまりないとか、そういうのが分るわね。氷とか雪とかがだあーってあって、そういうのが分るよね。だから自分が有名になって、あとで調べてもらうために作ったとかそんなんじゃないのよ。大久保さんがこれを付けましょうと言って、やってくれたやつなの。

――『朱夏』を読んで「青」がつく季語の句が多い印象でしたが、索引を見るとそうでもないですね。

紀子：青ねえ。どっちかっていうとあたたかいものより、白とか青とか。魚目先生の影響なのかしら。冷たい方が好きだね。

――一句の中にあたたかいものと冷たいものが並んでいることが多いかと。「赤松のつめたき影を泳ぎけり」でいうと赤。

紀子：そうそう。完全に冷たくはなれないというところがあるよね。それはやっぱり魚目先生と違うとこなんだと思うわ。私とは。ああいうふうにはなりきれないという。

——なりきる必要もない。

紀子：いや、必要がないかどうかは分らない。この間、すごい衝撃的なことを言われたんだわ。現俳協の会で行って勉強してたときに。あるおばさまがいて、その人は今八十いくつで、二十代からやってるからもう六十年やって、すごい人なのよ。魚目先生のこともよく知っているのよ。「武藤さんの句は……」って言うの、「武藤さんの句はきれいだけど、きれいさが、魚目先生に比べると甘いっていうかな、強さが弱い」って言うのよ。だから、そうだわと思って。本当にその通りで。それは美というものに対して。魚目先生の俳句は美っていうものを追求してるんだと思うの。その追求の仕方が魚目先生は書から入った人だから、書と絵、美術、そういうのから入った人だから、追求の仕方が鋭くて深いと思うのよ。

それと男っていうところがあって、だからそこが私ではとてもじゃないけど、私には書みたいなものがないいし。それから深さもないし。その代りに私にあるのは、何ていうかな、印象みたいな。閃きみたいな。そういうのはひょっとしたら魚目先生より、たくさん閃くかもしれないけど。強さとか深さとか、そういう点に関しては、女っていうところが少しはあるかもしれないなあと思うの。徹底できない。だからさっきみたいに、そういうのにも必ずあったかいものが入る。

でもそれはなろうとしてなれるもんじゃないと思うよ。そこは追求してもしょうがないと思うわ。でもきっと魚目先生に無い、ある部分があると思うの。だから、それは仕方ないから、魚目先生より甘いと言われるのは。でもすごくよかったけど。気づいたことが。知らなかったものね、そんなこと思いもつかなかったから。よく見れる人はやっぱいるんだなあと思うね。長くやってるってことはやっぱり違うよ、本当に。

付記

第二句集『朱夏』のインタビューは今回で終りです。

ご存じの通り、われわれの先生は体系立てて論理的に考え、人に説明することが好きではない。好きではないと言うよりきっと苦手だ。

また文章を書くこともあまり好きではない。書くことに関して苦手かどうかは知らないが、僕は先生の文章にはちと不満がある。というのも、ふだんの先生の調子と異なり、文体が硬く男性的、内容豊富でサービス精神旺盛なのは普段通りとは言え、まるで別人が書いたようになることがしばしば。

そこで、インタビューという体裁をとることにした。過去の句集の「好きな句、嫌いな句」を題材に自由に語っていただくスタイルである。この第二句集『朱夏』のインタビューでは句自体から離れ、ときに写生論、ときに現代俳句協会、ときに飴山實や長谷川櫂との思い出、ときに俳句甲子園、しばしば魚目と自分、話柄は多岐にわたり、エキサイティングな内容になったかと思う。

ところでインタビューをまとめるにあたりいつも気をつけていることが一点ある。それは「素材を活かす」ということ。

ときどき質問されることがあるので、この機会に「円座」に掲載されるまでの流れをご紹介しよう。

まず二時間ほどインタビューする。二時間を超えると集中力が散漫になってくるので、そのへんでやめる。例えば『朱夏』の場合は、「嫌いな句」十句だけで二時間になってしまったので、「好きな句」十句は後日、改めてインタビューし直した。

録音機に録音した声を、テープ起しに慣れた方に外注して、文字に起してもらう。いつも京都のシルバー人材センターにお願いしています。

テープ起ししていただいた文字原稿から、三分の二ほどに僕がカットする。カットするのは独断と偏見としかいいようがないが、不必要だと思う部分、話が重複している部分、さすがに掲載するのはやばいかもといった部分（笑）などなど。

そして、掲載用にいったん清書する。二時間のインタビューでだいたい六回分、すなわち「円座」一年分になることが多い。とはいえ、特にぴったり六回でおさめようとは思っていなくて、なりゆきにまかせる。

掲載の文字数に合わせて、大事な話までカットすることはしない。連載回数の制約などのない結社誌だからこそ、重要な話ならどれだけ長くなっても載せればいい、そう勝手に思っています。そのせいで、今回のように大幅にスペースがあまってしまうこともあるのだけれど。

さて、実のところ、ここからが本番だ。ここからが編集作業において、いちばん時間と気合の必要なところ。

その作業とは、文字原稿を先生のしゃべったままに直していくというものである。

テープ起しの人が文字に起すにあたって、気を使って共通語に直していることが多い。しゃべっているときの間なども反映のしようがない。なので、一度清書した原稿を、録音を何度も聞きながら、先生のしゃべったままに直していくんですね。語尾とか、間とか。その結果、文章は名古屋弁と関西弁と共通語が入り混じり、通常あんまり入らないようなとこに「、」とか「。」が入る。「素材を活かす」とはこのことで、ありのまま、まさに写生の精神です。

京都に住む僕自身そうですが、ふだん名古屋からは遠くにお住まいで、なかなか先生のお声を聞くことができない会員の方々にも、なんとなくでも先生の息吹を感じていただけるなら、幸いです。

インタビュアー／橋本小たか

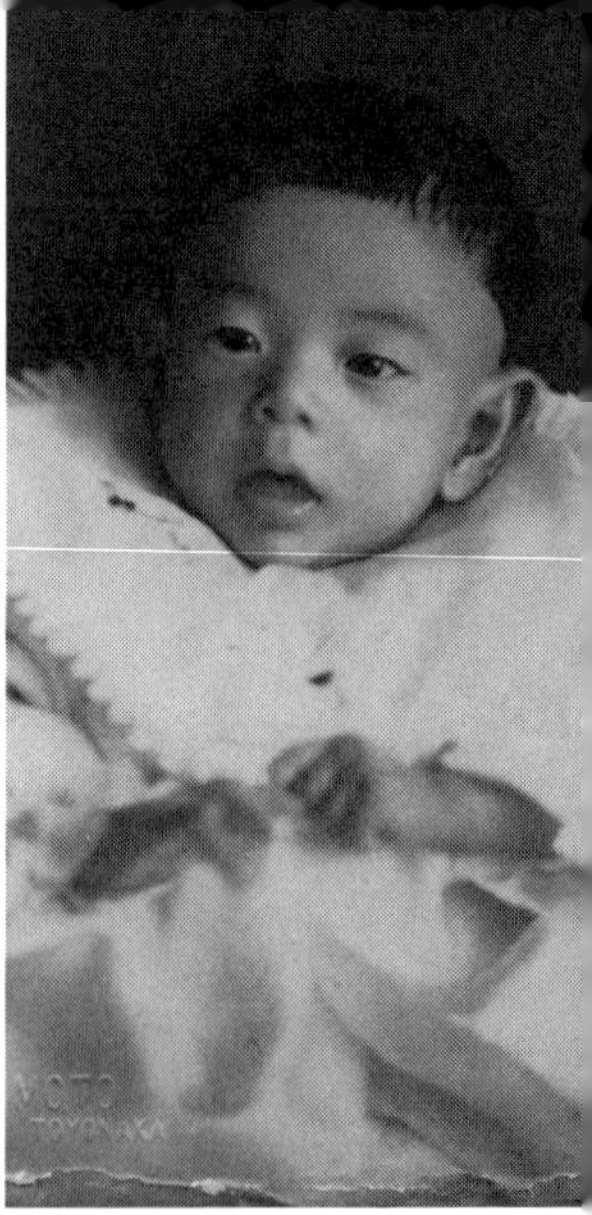

4 好き――『百千鳥』

方向性のないエネルギーがありますね。

――今回より『百千鳥』です。第三句集となる『百千鳥』の位置付けは？

紀子：完璧に私一人で作った。自分で選んで自分で構成も考えた。これ変っていて、構成が。ふつうは編年体というか作った順にやるんだけど、この句集は題があって。雪月花というのが頭にあったわけ。俳句っていうか連歌の世界で、花とか月とかすごく大事なことで、雪月花で次は恋が入って。そういう題みたいなものでまとめたくなったわけ。題をつけて関係するような句を集めて、だから編年体ではなくて。そういう句集はあまりなくて。後から誰かが真似して。だから変わっていて、すごくおもしろかったと思うの。

ちゃんと連句の勉強とかしてないから、正しい項目分けかどうかぜんぜん分からなくて、自分で勝手に分けただけなんだわ。まず春夏秋冬新年でやってその

二〇一〇年八月三〇日刊

後、恋・雪・月・花・西行・忌日の句・海外詠・存問。

普通の句集は読んでると飽きちゃう、ずうーっとずるずるってなって。こうなっていると、飽きないうちに次の項目に入れるからすごくいいと思って。二十年ぐらい俳句をやってある程度力もついてきたし、歳もまだ六十ぐらいだし。還暦になったから「けふよりは老人となる百千鳥」が来たわけだ。還暦になって本当は元に戻って赤ちゃんになる。一回りしていよいよまた新しい子供からの時代が始まるんだわという感じがして。

『百千鳥』という題ものすごく好きだった。たくさんの鳥がぴよぴよ言ってんのかな、木の上で。何でそれが春の季語なのか、何で百千鳥が季語になるのか分んないんだけど、でもその言葉自体ものすごく好きで、感覚的に。ああ、これ句集名にいいわと思って。魚目先生もこの言葉好きだから、いい題ですねと言ってくれて良かったなと思った。そういう意味で第三句集って言って還暦前までの総括をしたような感じがして、これはすごく好きな句集でした。だからパーティーまでやったんだわ。

——そのパーティーで、長谷川櫂さんが……

紀子：そうそう、結社を立ち上げる話。立ち上げるべき人だとか言って。

——逆に、俳句はもういいかなと思われてたんでしたっけ？

紀子：そうなんだ。皆、句集を作るとそれまでの世界をぜんぶ排出する。ぜんぶ吐き出すわね。そうすると空白になるのよ。それで句集ができたら次に作る句は今までと同じでは駄目なのよ。自分でも駄目だと思うし、人が見ても駄目だと思う。また元に戻ったのとか言われるような気がして。新しい世界ってそんな簡単には出ないし、出し尽くした感があったからなんかくたびれちゃって。これから先、そんな新しい世界なんてさ、どうやって開けるのよ、一から。

——そうですね（笑）

紀子：みんな簡単に言うよ、新しい世界に行こうとか。羽生結弦君みたいにぱぱっと新しい世界へどんどん行って、四回転をやってそれも何度もやって、あの人だって結構、追われていると思うの。さあ次は前とは違ったことをしなきゃいけない。前より上をしなきゃいけない。俳句も一緒よ。前に出した句集より違ったことをしなきゃいけない。でもできないやん、そんなん。歳もとってる。若ければさあ次のに挑戦とか思うけど。こっから先はできないわとか思って。これが終りで、これで派手にパーティーをパーッとやって、花火のように。打ち上げて終りとか言って静かに消えていくという感じが自分の中ではしていたのよ。何の展望もなかったのよ。そしたら櫂さんから無理矢理ちょっとちょっとと言って「円座」を作りなさいと言って、展望が出てきたわけ。どうせやめるつもりなんだから失敗してもかまわないじゃない。何にも恐いことないじゃないって。すごい不思議なあれだった。

——ところで、**中村雅樹さんの跋文は、武藤紀子論として、最もまとまった文章ですね。**

紀子：この人は本当に上手なの。この人と私は魚目の弟子で、最初から魚目先生のカルチャーに入ったらもう雅樹君はいたのよ。同じぐらいの歳で一つしか違わない。魚目先生の弟子という感じで若かった二人だったから、ずっと一緒に歩んできた。魚目の歳時記、あれも二人で作ったしね。ペアよね、完全に。カストルとポルックスって私は勝手に言ってるんだけど。

――カストル？

紀子：双子座なのよ。カストル星とポルックス星の二つの星。私たち二人は双子だと思ってる。あっちはどう考えているか知らないけど。とにかく二人の間には長い歴史があるから、私のことは本当によく知っているのよ。

すごくおもしろいこと言われたよ、雅樹君に。私は「方向性の無いエネルギーがありますね」って言われてさ（笑）。ええーっ、方向性が無いの？ って。そう言やそうなんだ。エネルギーはすごくあるから、わーっとなるけど方向性がぜんぜん無いのよ。ただ、わーっと言うだけなの。だから無駄にエネルギーを発散しているんだわ。

――そこまでの書き方ではないですが、引用すると「感情の量の多い人」「行動力に恵まれていて、一途にのめり込む」「すこし自慢しいで、大いにわがまま」。

紀子：自慢しいは少しどころじゃないわよね。ものすごく自慢しいよ（笑）。とにかく私を一番よく知ってる人だし、魚目の俳句をよく知ってるから私の俳句も分るのよ。でもあの人の俳句はぜんぜん違うの。最初から自分っていうも

◀盟友・中村雅樹と

のがあって、俳句の中に。
私は無かったのよ。そこらのおばちゃんだから。おばちゃんは最初は何も無い。何も無いのに先生がいるから先生の言う通りとか、自分で勉強したり、人まねとかやりながら育っていくのよ。自分っていうものを作んなきゃ、無い。無いものを見出すことはできない。だから私の場合、作らなきゃいけなかった、自分を。三十年かかって自分が作れたかどうかまだ分らない。無いかもしれない。ところが、雅樹君は最初から自分というものがあった。魚目先生はそれを見て自分を持っているからこの人のものを伸ばしていこう。魚目調なんかをこの人にやらせる必要は無い。だから雅樹君の作品を特選に取って、褒めて、雅樹君の持っているものをそのまま伸ばしてあげてた。一方、私は持っているものが無いから勝手に考えついて出して、どうだろう、いつも特選ってわけにはいかない。だけど若いから将来性があるじゃない、考えたら。まだ三十代だった。先生は将来性があるし、やる気があるんだからがんばらせましょうとか思ったわけ、私の場合は。雅樹君の場合は一人でやれる子だからやらしてあげよう。
私にしたら何も分らないから、すごい妬んでさ。何であっちばっかり、あんな変な句、特選に取るんだろうとか（笑）。石がどうしたとかコンクリートのなんとかがあるとか。だけど、そういうものを見てそういうものを詠みたがるってのが雅樹君なのよ。私には無いのよ。自分だけが見て自分だけが詠みたがってるものが無いわけ。

だけどその頃、分んなかったから。男の先生は、男が後継ぎにほしい。だってお父さんだって息子がいたら喜ぶでしょうが。女ができたらがっかりするでしょ。それと一緒で、雅樹君は男だから先生がちやほやして伸ばそうとして、後継ぎにしようとしてるって思ったわけ。私は女だから、どうでもいいってね、先生の目から見たら。まあでも若いからちょっとあれだけど、他のおばちゃんに較べたら。でも所詮女だから。いつまで続くか分んない。急にやめちゃうかもしれないしさ。

魚目は男女差別論者じゃなければど、古い人間だから差別という意識の以前に差別があるわけよ。女は本当の後継者としては必要ないという感じがしたわけ。それは考えすぎかもしれないんだけど、雅樹君が後継ぎになったらいいんだわ！　勝手にやれえっとか思って。私は私で勝手にやるわ！　と思ってやっていたのよ。

それは私が俳句を知らなかったから、雅樹君が最初から雅樹君のものを持ってるってことが分らなかった。私は今でも自分がまだおばちゃんじゃないかなと思っている。作家ではなくて。おばちゃんじゃない？　って思うわけ。

——第四句集（『冬干潟』）をまとめてもまだそんな感じですか？

紀子：そう思う。

——では、第四句集の編集作業も終った現時点において、第三句集『百千鳥』から好きな句を振り返っていただきます。

●好きな十句　『百千鳥』より

存在《ザイン》としての灰色の鷲を

信長のやうな人なり白浴衣

師と弟子の間に桃の置かれあり

フランスの国のかたちの枯葉かな

鳥の貌小さくなりし寒さかな

西行を追ひ逃水を追ふごとし

西行の山の裏白刈りはじむ

※「西行」の句は二句で一句としてカウント

時雨忌の海に入ゐる材木座

悼　川崎展宏

霜枯に中将の面はづしけり

祝「古志岩手支部」発足

いなびかり北上川もひかりけり

子宮癌手術より五年

完璧な椿生きてゐてよかつた

——一句目、「存在《ザイン》としての灰色の鶯を」

紀子：私はすごい好きなの。なぜ好きかっていうと、まずseinという言葉ね。雅樹君がね、ドイツ語の先生なのよ。ドイツ哲学の先生なの。私も大学のとき第二外国語はドイツ語だった。ところが「Ich liebe dich」しか知らないのよね。何にも覚えてないの。雅樹君はドイツ語が読める、しかも哲学の本がさ。ドイツ語に対するコンプレックスみたいなものが私にはあってさ。「sein」という言葉は「存在」って意味らしいんだけど深くは分らないのよ、でもすごい素敵な言葉だと思った。私は意味とか理屈とかはぜんぜん考えない。この言葉が好きだったの。「存在」って漢字で書くんだけど、絶対この句は「ザイン」っていうふりがなをしないと句にならないと思った。

ふりがなが百パーセント必要な句で、それはなぜかっていうと……

言葉からも入れるんだ

紀子：この句は「sein」っていう言葉から作った句なの。私はいつも吟行へ行って俳句を作るから、頭の中で俳句を作らないなんて言ってるけど嘘ばっかりなのよ。この句は「sein」っていう言葉をどっかで見たのよ。ふりがなが書いてあってね。この言葉はいい言葉だ、これで俳句を作って雅樹君の鼻をあかしてやろうと思ったわけ、そのとき。

――(笑)

紀子：そしたら岡崎の田舎へ吟行に行ったのよ。春の頃で川べりを歩いてたら、ぴゃって鳥が飛んだの。目にもとまらない速さで飛んだから、私は鳥にも詳しくないしさ、何かも分んない。だけど鶯だと思ったわけ。違ったっていいや鶯で。その「鶯」と「sein」で何かできないかしらとそのとき思ったわけ。しばらく考えてて、鶯っていうのは声はしょっちゅう聞くわねえ。だけど姿ってのはなかなか見られない鳥なのよ。地味でさ。鶯色っていうからさ、目白？あれを見てみんな鶯を見たっていうのよ。あんまり人前に出てきて立ち止まったりしない鳥じゃない？　隠れてて。本当に生きてる鶯を見る人はあんまりいないと思う。さっき飛んだのが鶯かどうかも分んないけど、ええい鶯にしちゃおうと。灰色の濃いような塊がひゅーって行っただけだったの。だから「灰色の鶯」になったわけ。鶯の本質はあれなんだ。きれいな鶯色をしているやつじゃないんだっていうので、「sein」が付いた、ここで(笑)。あーできたと思ったわけ。はっきり言うと、ちゃんと理屈に合ってるかどうかぜんぜん分らない。いい加減な句だと思うの、言葉でごまかしてね。「sein」と「灰色の鶯」はできたから五七五にするときに「としての」を付けて「存在としての灰色の鶯よ」とやったの、最初ね。発表する前に「鶯を」としたらどうだろうと思ったわけ。

後がつづくじゃん。後のところに読む人がいろんなことを言えると思ったの。「を」にして良かったなあと思った。

これ、すごーく思わせぶりの割には何もないじゃない。

――(笑)

紀子：なぜかと言うと私が「sein」というものをよく知らないからさ。雅樹君なら哲学の先生なんだから、哲学の博士課程まで出たから、「sein」ということに対して深ーい知識や考えを持っていて、この句を味わえるんじゃないかなと。あの人が詠んだら本物の句だろうけど、おばちゃんが詠むといかにも良さそうに見えるけど、実は本物じゃないという気が私にはあるのよ。「sein」にまだ負けているような気が。だけど『百千鳥』のパーティーで櫂さんがスピーチをしたときにこの句を出して、二つ三つしか出さない中にこの句があったから、えーこの人分るのかしらとか思って。深く考えられる人は深く、そうじゃない人はそれなりに読める句なのよ。作った人はそれなりに作ってる(笑)。

――こちらを試しているような句。

紀子：そうそう、読み手をね。だから「鶯を」にして良かったんだわ。「鶯よ」では私に何もないのがばれちゃう。だから「を」で成功したんです。

言葉を感じて作ったわけでしょ。「sein」という言葉をね。言葉の力はすごく大きくて、俳句は。見て作る、写生で作るって言うけれど、言葉の力ってね、大きいんだなと思った。ものを見て作るだけじゃなくて。言葉からも入れるんだっていうのが自分で分った。力以上のものが出たと思う。力まかせで作った句ではない。

――次の句は「信長のやうな人なり白浴衣」。長谷川櫂さんを見て作った……

紀子：そうそう。長谷川櫂さんは、ごまかせない。ごまかせないし、こっちを把握できる。どのようなレベルの人か。ていうことはそれより上にいるってことなんだわ。いい人とか言うんじゃなくてなんか上にいる人っていう気がすごくするのね。自分がひどい目に遭ってはないんだけど、うっかり近づくとひどい目に遭うような感じがずーっとしてた。それはよく分んないけど信長だろうなと思ったわけ。すごい天才的なものがあって、本質が天才の場合はふつうの凡人を殺してしまうんだと思う。「鳴かぬなら殺してしまえホトトギス」、殺すってことは無いけど近づいた人は実質的に殺されるんじゃないかな。向うにはぜんぜん悪気は無いんだけど、すごい硬い鋼にやられちゃうのと一緒。若いころはいい人だったから、素敵だわとか思って、この人に近づいていけたのが私の運命なんだなーと思ったけれど、だんだんあの人も経験をして、ものすごくいろいろな経験をしたと思うの。主宰になって俳句の世界で生きていって、たぶん自分が制覇するというか、そういうつもりではないと思うけど、高い位置に立って俳句の世界をやっていくっていう使命感があるんじゃないかと思ったわけ。そういう人に無邪気に近づいていってもバカみたいに思われて、完全にあざ笑われるし。対抗するだけの力があるかっていうと、おばちゃんだからなんにも無いわけ。なんにも無い人は近づかない方がいいので、ずーっと私は勝手にバリアを築いてた。

あの人には関係ない。あの人は我が道を走ってて。でもこの人のやることを見てたいから、近くにはいたい。運命がそのようにしてくれたんだから。一緒にいろんなこともやったし楽しかったし。でも、絶対にこの人は信長だと思ったから、「信長のやうな」というフレーズができて、季語は何かしらんと思ったときに……まず白っていうのが浮かんだわね、絶対白だわと思って。白で季語になるやつを探した。これが付いて、いい句になったわと思って。

――好きな十句のなかにも入ってくる。距離感が遠いのか、近いのか……

紀子：だから逃れられないのよ。この句は外せない。

――次は「師と弟子の間に桃の置かれあり」。今度は魚目との距離感。

紀子：具体的にはさ、先生んとこ行ったときに手土産何にしようって言って。誰かが桃を買ってきてくれて先生のところへ行った。桃っていうのがまた好きな季語で。なんかすごく感じるのよ。言葉では言えないけど色といい形といい。桃も詠みたい季語だったんだわ。持って行ったときできた句でなくて、他のときに、桃の時季に、先生のところへ桃を持って行ったなあとか思い出して、そう言えば先生と私はどういう関係なんだろうとか思って。勝手に弟子弟子と言っているけど、どういう風に思っているだろう。男ばっかり大事にして、女はおばさんで一くくりで。魚目先生は女に期待していない。そのぶんこっちは自由にできる。ありがたいなという気はあった。

それでも女弟子とかって言うじゃん。短歌の世界なんかだとどろどろした関係が漂う。俳句はどうだろう。男の先生と女弟子、どろどろした感じがあるかしら。私の場合は無いわって。そういうのはあんまり無い。

――無さそうですね。

紀子：何かはあるんだけど、強くない。だから恋の句とかはできないんだわ。濃密な感じは無いけど、桃を持ってきたところに濃密なイメージはあるよね。だから、成功したんだわと思う。桃っていう季語で俳句を作るときに、これはすごく成功した句だわと思う。「sein」よりこっちの方が無理してなくて、無理感が無くてするするするって読めてしかも桃が浮き立ってきて。先生と女弟子っていうのの関係をあらわすのに、最高の付かず離れず。桃のエロっぽさがちょうどいい具合でね。作ろうと思って作った句じゃないしね、すーっとできた句で、こんなに俳句って何かできるんだわと思ってすごく好きな句。「中年や遠くみのれる夜の桃」は完全にエロっぽい感じがするじゃない。あんくらいのいい句を桃で作りたいと思って、これはできたと思った。

これで魚目先生とのあいだをあらわす句ができたんだわと思った。櫂さんの方はあくまで私の目線からで、あの人はぜんぜん関わってない。だけどこっちは魚目先生もいるかな。

――「信長」のほうは作者が見ているだけ。

紀子：それは櫂さんと魚目の差だと思う。櫂さんって人は、人をシャットアウトしてるんじゃないかな。染み込んでいけない、誰も。だけど魚目先生はそういうところは無いのよ、わりあい。受け入れるっていうか、シャットアウトまではしない。だからこれが詠めた。このやわらかさが出る。なんか俳句は恐いよね。ものは言わなくても句にあらわれる。

――次は「フランスの国のかたちの枯葉かな」です。

紀子：これは洒落た句じゃない（笑）。古志に青年部っていうのがあるのよ。若い人を櫂さんが指導する。櫂さんが来て直々句会があるわけ。その会に何でか知らないけど呼ばれたの。句会がありますから出てくださいと言われて、前の日に。俳句出すんですかって言うと三句か五句持って来てくださいと言われた。三句だったかな、五句も作れないからね。それでえーとか言って、今から三句作るわけーとか言って。鎌倉のホテルに泊まらせてもらって、次の日が句会だったの。じゃあホテルに泊まって作らなきゃとか思って、どうしようと思ってた。そしたらさあ、フランス料理のお店があったの。私が一人で昼を食べてた。そこにポスターがあってさ。葡萄の葉のね、写真だったか絵だったか分んないんだけどポスターがあった。「フランスの国のかたち」って言うのが出たの。それでフランスの国の形ってどんなんだっけと思ったの。変形の四角形のような気がしたの。イタリーの国の形ならすぐ分る。日本の国の形もすぐ分る。でもフランスの国の形ってしばらく考える時間がいるじゃない。でも何となく変形の四角形みたいなやつで、菱形まではいかない。その葡萄の葉がそんな形だったの。「フランスの国のかたちの葡萄の葉」ってやったわけよ、でも葡萄の葉って季語だっけとか思って。一年中あるじゃん。紅葉して落ちるかな。とにかく葡萄の葉はまずいと思って、ここで季語にするには。葡萄までならいいのよ。だから「葉」を取って「フランスの国のかたちの葡萄かな」って変えてみたけど。葡萄の実がフランスの形にはちょっと無理があるよねと思ったの。三角形だよね、葡萄は。でどうしたらいいのよとか言って悩んでぐちゃぐちゃしてたの。ちょうどその時にふっとね「枯葉」っていう言葉が出たの。出た。それで「フランスの国のかたちの葡萄の葉枯れ」とか何とかしたのよ。長いじゃん。だから長いんだけどどうしても葡萄から入ったから、葡萄の字が取れない(笑)。ものすごく悩んでずーっと悩んでて次の日の朝になって、「葡萄」を取ったらってやっと思いついて「フランスの国のかたちの枯葉かな」。ああ、これで五七五になるわ。葡萄の葉みたいでしょう? 分るでしょう? 枯れて赤やらオレンジやらになってんのよ。そりゃできたできたと大喜びで持って行ったのよ。西村麒麟君をはじめ若手がずらーっといてさ。

テープが回ってるの忘れててさ

紀子:「フランスの国のかたちの枯葉かな」を句会に出した。西村麒麟君はじめ若手がずらーっといてさ、櫂さんが特選に取るんだわ。でも誰でも百人いたら九十人ぐらいがシャンソンの「枯葉」を思い浮かべて、そうなると枯葉は付きすぎでまずいかなあとか思ってたわけ。また「葡萄」に戻ろうかと思ったけど(笑)、戻りようがない。だから付きすぎでもいいや、かまへんって出した。

そうだ、その句会は出版社の人が来てて、編集者のお姉さんがテープを回してて。あとで本にするって言って。そんときにすごいひどいことを言ってさ。のちの古志の主宰になる大谷君が出した句について私さ「いつまでも櫂さんの真似をして作ってどうするの!」と言ったわけ。先生の真似をするのは最初の何年間は真似して作ってもいいけど、先生の後を追いかけて同じような句を作ったってしょうがないじゃない、とか言ったの。テープが回っているの忘れててさ(笑)、本になるとも思ってないわけ。何も聞いてないし、ただ句会があるということだけ聞いていたから。そうやって無茶苦茶言っていたら大谷君悲しそうな顔をしてさ、櫂さんなんか嫌そうな顔してさ。せっかく自分が目をかけて育てて、自分のような句作っているのをいいと思っていると思う。櫂さんも。それなのに私がずけずけ嫌なことを言うから、櫂さんも嫌な顔してたけど、気を取り直して何かやってたわね。後で見たら本にそのまま出てるじゃない。

出した櫂さんも偉いわと思った。嫌なとこは消そうと思えば消せる。何も入れなくていい。私のひどい発言をそのまま本に出したのよ、櫂さんは。だからすごいわよ。

そしたらその本を読んだ上田信治さんがびっくりしておもしろいから俳句を作らせようって言って「週刊俳句」の十句作品、あれが来た。誰が何を見ててどういう風になるか、分んないけどあるんだよね。本になるって聞いていたらそこまで言わなかったかも。私がそんなことを言える立場にない（笑）。よく考えたらさ、古志の同人なんだからさ。大谷君と同レベルで、しかも彼は主宰になる人だから。

そういういろいろな思い出のある句なんだわ。

でも今から見るとやっぱり軽いかな。だって形だけだものね。中身がほらぜんぜん無いじゃゃん。洒落た言い方をしてまとめてあるけど中身はゼロやん。たいしたことないけど思い出がいっぱいあるからさ、これは出しとこうと。なかなか一句で思い出のある句はそう無いわよ。

――次は「鳥の貌小さくなりし寒さかな」

紀子：「鳥の見る方を見てをり智恵詣」という私の句があって、それを思い出して、あんないい句ができたんだわと思って。物事をずらして見ると俳句になるっていう典型。鳥があっち見てたらあっち見るとかさ、その瞬間意志が無くてさ、そのぼんやり感がすごくおもしろくて。そういうことが俳句になるんだっていうね。だってすごくおもしろいことでもないけど、でも言葉でそう言ってもらうと、おもしろいことねとみんなが思える。そういうとここそ俳句の神髄でね。「フランスの国のかたちの枯葉かな」よりも「鳥の見る方を見てをり智恵詣」の方が上だと思ったわけ。だからそういう風に何でもないことをちょっとずらしていい俳句にすることをしたいなあーとか思ってたときに、すーっとこれができた。寒いとみんな顔が引き締まるじゃん、人間でも。暖かいところだとぼやーっとふくれてくるけど、寒いと引き締まる。人間でもそうなら鳥でもそうだと思ったわけ（笑）。体はふくら雀みたいに空気を入れて暖かくするから太るけど鳥の貌はふくら雀にはなれないから締まるんじゃなーいと思ったときに「鳥の貌小さくなりし寒さかな」と思って、「智恵詣」と同じような句ができたわーとか思った。

この場合は一句一章だから無理矢理なにかを付けるっていう分がないだけ、するーとしてて、自分で作ったっていう感がなくて、こっちのほうが上かなと思ったわけ。見てる分は「智恵詣」のほうが何か努力感も見えるしさ。だから俳句って、派手にしようと思うといくらでも派手になって、私はどっちかというと好きなのよ、派手な方が。きらきら光るものが好きだから。だから「フランスの国のかたち」が好きなのよ。だけど派手にしないで人がさーっと通り過ぎられるような句の方がレベルとしては上じゃないかしらとか思

うわけ。だって作ろうとしてできないのよ、こっちの方が。「フランス」は七転八倒して作れる句なの。

坪内稔典さんの「帰るのはそこ晩秋の大きな木」という句があって、それすごく好きなの。その「大きな木」っていう言い方が好きだ、絶対。形がすーっと滝のように一本流れていくから詩なのよ。

――つぎは西行もので「西行を追ひ逃水を追ふごとし」「西行の山の裏白刈りはじむ」。二句で一句。

紀子：そうそう、二句どっちも落したくない。だけど十句のなかの二句とも思わない。だから二句を一句として入れた。

あるとき西行に凝って、西行の勉強をした。いろんなものを読んだけど、でもやっぱり最後まで分らなかった。今も西行がどういう人で、どうして最後まで名前が残ったのかね。だってあの時代だって歌人なんかいっぱいいたんだし、山のようにいたでしょう。どうして芭蕉さんたちが西行を個人として慕っていたのか、分んないのよ。けど勉強をしたっていう手応えがあるわけ、自分の中には。一年か二年は西行の本をずいぶん読んだわ。分んないなりに何か俳句に残したいわっていうのがあって句集にわざわざ「西行」という項目まで立ててさ。いくつか西行で詠んだ中でこの二句はいい句じゃないかなと思ったの。同じくらい。「西行を追ひ逃水を追ふごとし」、どんなに追いかけても逃水のようにすーすーすーすー影は逃げていって摑めない。「逃水」の季語は上手に出たと思う。「西行の山の裏白刈りはじむ」は、勉強したことは何か自分のものになったものがあったから、目に見えないし何も無いかもしれないけど、きっとあるんじゃないかと思うわけ。その何かを刈り始めてる。あんとき蓄えたものを今刈り始めてるんだわと思ってるわけ。だからこれは前の「逃水」でどんどん逃げて行くけど何かを受け取ってて、その成果として刈り始めているんだわっていう句だから、だからこの二つは絶対外せない。だけどどっちかを選べって言ったら選べないの。それはつまり確とした西行に対する意見がないから選べない。あったら、その句ができたら、西行はこの句でって言えるの。

――西行のあとは「時雨忌の海に人ゐる材木座」。

紀子：鎌倉の辺じゃない、材木座って。寒くても暑くてもサーファーが山のようにいてさ、いつも黒い点々として海の中に。だから最初はサーファーで作ったの。でもサーフィンしているわけでもないんだから句を作る必要ないし。あーこの言葉消せないかしらと思ったわけ。サーファーやめて作ろうと思ったときに、「海に人ゐる」になったんだわ、うまいこと。冬だから大体派手な色、着てないのよ。黒いのみんな着ているし。薄いグレーから黒にかけてのシルエットとしての人物が浮かんでくるやん。「海に」と言っているけど「浜に人ゐる」ではぜんぜん俳句にならないからね。

それで、材木座っていう名前が好きだったの。あの辺すごく好きな名前があってさ。材木座って言ったら洒落た感じがするじゃない。自分はやっぱり田舎者でさ、東京十年住んでいたけどさ、銀座も知らないし、東京の洒落た人たちに憧れ感が少しはあって。サザンがこのへんのよく歌っているじゃない。あいうイメージでね洒落た俳句をね、このおばちゃんでも作れるんだわーとか思って。あまり作らないけど、作れないから。

「時雨忌」だから季語が。芭蕉さんだもんね。合わないと思うけど合うんじゃない、意外と。「時雨忌」って忌日の句としては一番大きいのよ。一番大きい季語を使って、現代の生活を詠みこなせないかなと思ってできた句ね。

――次は「悼　川崎展宏」という前書がついた「霜枯に中将の面はづしけり」です。

紀子：前にも言ったけど展宏先生と会って句会に行けることになった。川崎展宏っていうのは魚目先生も好きで要するに森澄雄のお弟子さんで自分で「貂」を作って、なんか変った句を作らはるよね。なんかやっぱりおもしろい人だなって思ってて。

それで句会に出たとき文章を書いてくださいという依頼が来たの、展宏先生から。それで、えーっとか言って、それでも無理矢理書いたの。その文章の題が「中将」という題だったの。中将というのは能面なの。業平の面を中将というのよ、確か。それで業平の面と川崎展宏となんか繋がる気がしたの。ぱっと中将の面が浮かんだの。それで私文章書いたんだわ。「貂」に出たと思うよ。そんで展宏先生から後で電話かかってきて、ありがとうございました、中将にしていただいてって、嫌みを。大将じゃないといかんかったかしらとか思って

(笑)。でも中将の方がかっこいいじゃない。源氏だって中将になったことあるんじゃないかな。割と若い貴族の息子たちで上級の貴族の息子は中将になれるのよ。だから中将ってなかなかいいのよ。ちょっと愁いがあるのよ、あの面はなかなか。展宏先生が亡くなったときにあの文章を思い出したの。あの先生にも世話になったんだわって思って。それで「霜枯」。悼む句だからね。「霜枯」っていう季語を出して。いよいよ先生も亡くなって中将の面をはずすことができたんだわと思ったの。つまりずっと中将の面をあの先生はかぶってたんじゃないかなと思ったんじゃないかな私。で亡くなると人間は中将の面をはずすことができる。かぶってたお面をね。あの先生も亡くなって、かぶっていた、かぶってないかもしれないけどね、お面をはずすことができた。

——悼む句のつぎは祝う句。「祝　古志岩手支部発足」という前書で「いなびかり北上川もひかりけり」です。

紀子：古志の支部が岩手でできてお祝いの会がありますという知らせが載ったわけ、「古志」の中に。ちょうどそのころに遠野へ行きたいねって言ってたの。盛岡で句会がある、遠野へ行くのにちょうどいいじゃんと言って。渡辺純枝、私、秋山百合子と三人で行ったのかな。

汽車の窓から見たら稲田だったのよ、稲が実ってて黄金色をしてたの。そしたらなんか雷が鳴ったのかな、いや鳴ってないと思うの。北上川があったのよ。北上川が光って見えたの。稲光で光ったんじゃなくて、お日様のあれで光っていたと思う。それで稲が黄色になってたから、田んぼも光って稲も光って川も光ってる、だからこれは「稲ひかり北上川もひかりけり」、「いなびかり」じゃなくて「いねひかり」ていう句のつもりで出したの。そしたら人が取ってくれて「いなびかり」と読むのよ。私「いねひかり」だったのに、えーっとか思って。そしたら櫂さんが特選に取るんだわ、この句をね。でも「いなびかり」って言って取るのよ。「私、稲がひかるとやったんですけど」って言ったら櫂さんが……

人間のほうがよっぽどおもしろい。

紀子…「私、稲がひかるとやったんですけど」って櫂さんに言ったら、その前に櫂さんが「いなびかり」がいいって言ってたもんだから、「稲ひかるですか……ハハハ」って。でも「いなびかり」のほうがずうーっといいので、間違えてくれて良かったわって思って（笑）。なんかお祝いの感じもするじゃない。光ってて。記念になったわと思って。その間違いがおもしろくて、十句の中に入れたの。その周りにはいっぱいの思い出があって、それから夕方、句会が終ってないのにさ、今日は遠野で泊まるのでご無礼、ご無礼って三人で逃げるように帰ってさ。汽車に乗って行ったら、銀河鉄道みたいな夕暮れで、このまま星座に飛んで行くんじゃないかなと思うような素敵な銀河鉄道に乗ってさ、遠野へ行ったの。だから遠野も良くて。そういうすべてが一緒になって、間違いも一緒になってこれは忘れられない、いい句だわと思って。

――最後の句、「完璧な椿生きてゐてよかつた」です。

紀子：これはさ、代表句だと思うわけ。作ったのは名古屋城か熱田神宮の横の椿かどっちかで、あまり覚えていない。あまり綺麗だったからものすごくその場でできたの。でもなんかはじめさ、いやこれ馬鹿みたいな句だわとか思ったわけ。これは笑われるわと思って、だって、それこそ「生きてゐてよかつた」なんて大層に言ってさ、すっごい子供とか初心者とか何だかが詠む句だと思ったの。だけど実感なんだし、まあいいやとか言って句会に出した覚えがある。でもよく考えると、しょうもない句とか人が何と言おうが、自分にとってはね、なんか思った通りだ。こういうのを思うっていうことはご病気とか死ぬような思いをした人でないとそれこそ無茶苦茶な話になるしねえ。した人なら言ってもいいやん、たまには。「生きてゐてよかつた」、馬鹿みたいな言葉でさ、本当にはそうは思ってないだろうとかって言って、大げさに言ってるだろうとかって言われるけど。ほんとにさあ、癌が転移しなくてよかったって。生きていられてよかったって、本心だしさ、やってもいない人にあれこれ言われることもないわと思って。自分だけの句で、ぜんぜん人に見せるとかじゃなくて、自分だけの句だから、いいやって。後から見るとこの「完璧な」っていうのが凄い言葉で、そう出ない言葉だと思う。次、使えないだろう、ざまーみろとか思うわけ（笑）。もう使えないでしょう？　この句があったら。思わない？　なんかそんなん出てきたら、ははは って笑っちゃうじゃん。

――そうですね（笑）。

紀子：使えない。だからこれは私の句で、いい句なんだわ、代表句になれると思ったの。だからずーっと何かの時にはこの句を必ず書くの。昔、『円座』を出したときに、「山かけて赤松つづく円座かな」という句があって、飴山先生たちと岡山へ行ったときに縁側に腰掛けて作った句だったの。そしたら一緒に行った渡辺純枝が「あんた、この句はね代表句になるかもよ」とか言うのよ。まず第一に、代表句なんていうのはよっぽどの俳人じゃなきゃね。おこがましくてさ、言えないじゃん。今でも代表句なんて偉そうに言うほどのあれじゃ、まだ自分はないのよ。だけど何かあなたの一句はと言われたら、この句は出せる。「円座」の句はどうかなー……と思うんだけど。でも句集になってしかも結社の名前になったんだから、あっちの句もそう捨てたもんじゃなかったわけだ。だから不思議だなーって思うのよ、俳句って。「椿」の句も作ったときにはそんな大層な、思いもよらないわね、自分だけで作って、人に笑われる句だと思った。

――十句のなかには存問というか、人と関わる句が多かった。

紀子：そうそう。思い出も含めて一緒になって一句なのよ。いかに関わる思い出が多いかによるんだ。人間が好きなのよ、自然より。自然にはそんなに感激することもないんだ。人間のほうがよっぽどおもしろい。必ず人間が出るんだ。よかったわ、曜さんも出て、魚目も出て、川崎展宏も出て。

――勢揃いしました（笑）。ではインタビューはこのへんでおしまいに致します。この連載もこれでいったんおしまいです。ありがとうございました。

紀子：ありがとうございました。

このインタビューは二〇一三年九月八日にはじまり、二〇一六年十二月十一日に終わっている。場所は藤田寛子邸にて行われた。

おわりにひと言

「こんなエセ関西弁を
私が喋っていたのかしら?」

はじめて「円座」の誌面で
「たてがみの摑み方」を読んだ時の
私の正直な感想でした。

たしかに橋本小たかさんは京都の男の子。
私も結婚して名古屋へ行くまでは
十年間京都に住んでいました。

「たてがみ」のインタビューの録音は
私の実家である京都左京区吉田の
妹の家で収録しました。

だからといって、収録の時
私は京都弁で喋っていたのでしょうか。

自分としては標準語で
話していたつもりでした。

父が転勤族だったので
私は石川・福井・東京・宮城・京都
愛知と六つの都府県を渡り歩き、
東京と京都にはそれぞれ十年、
結婚して住んだ名古屋には四十五年
暮らしてきました。

そのせいで、私はどこの言葉も
アクセントも、ちゃんとは使え
なかったのです。

「たてがみの摑み方」に一貫して流れている
奇妙な関西弁は
不思議な効果を醸し出しています。

きつい内容も
さらりとうまく流していくようで……。

小たかさんが使う
魔法使いの杖のような関西弁が、
話しの中身をぐんと面白く
上等にみせてくれているようです。

「たてがみの掴み方」は
小たかさんとの共作で出来上がりました。
小たかさん、ありがとう。

――武藤紀子

略歴

武藤紀子（むとう・のりこ）

昭和24年石川県生まれ。昭和61年児玉輝代に俳句を学ぶ。昭和63年宇佐美魚目に師事。「晨」同人。平成5年長谷川櫂に兄事。「古志」同人。平成23年「円座」創刊主宰。

句集に『円座』『朱夏』『百千鳥』『冬干潟』『現代俳句文庫武藤紀子句集』。著書に『元禄俳人芳賀一晶と歩く東海道五十三次』『シリーズ自句自解Ⅱベスト100武藤紀子』。共著に『宇佐美魚目歳時記』『鑑賞女性俳句の世界』。平成28年度中部日本俳句作家協会賞受賞。現代俳句協会東海地区理事。日本文藝家協会会員。

現住所　〒467-0047愛知県名古屋市瑞穂区日向町3-66-5

橋本小たか（はしもと・こたか）

昭和49年岡山県瀬戸内市生まれ。京都市在住。「円座」会員。「秋草」会員。

たてがみの掴み方

二〇一九年四月二五日　初版発行
著　者――武藤紀子
インタビュアー――橋本小たか
発行人――山岡喜美子
発行所――ふらんす堂
〒182-0002 東京都調布市仙川町一―一五―三八―二F
電　話――〇三（三三二六）九〇六一　FAX〇三（三三二六）六九一九
ホームページ http://furansudo.com/　E-mail info@furansudo.com
振　替――〇〇一七〇―一―一八四一七三
装　幀――和　兎
印刷所――日本ハイコム㈱
製本所――三修紙工㈱
定　価――本体二三〇〇円＋税
ISBN978-4-7814-1168-2 C0095 ¥2300E